魔法十年屋 特別篇 ②

創造色彩的變色屋

文 廣嶋玲子
圖 佐竹美保
譯 王蘊潔

魔法十年屋特別篇2
創造色彩的變色屋

目錄

序章

第一個腳印，是原野上綻放的鮮花顏色。

第二個腳印，是在海面翻騰的海浪顏色。

第三個腳印，是點綴山野的樹葉顏色。

第四個腳印，是荒野召喚而來的風的顏色。

第五個腳印，是森林中到處可見的苔蘚顏色。

第六個腳印，是白天明亮陽光的顏色。

第七個腳印，是守護夜晚的月亮顏色。

七彩腳印是前往變色屋的路標。

變色屋，把顏色送給你。

1 悲傷的肖像畫

莎娜茫然的打量著自己的房間。

她的房間單調無味，房裡只放了最低限度的家具，而且桌子和椅子的造型都是線條尖銳、歪七扭八的形狀，加上材質都是金屬製的，看起來更加無趣。

地板沒有鋪地毯也沒有墊子，壁紙是看起來冷颼颼的灰色，給人一種窒息的感覺。

而且這個房間完全感受不到溫暖，自己竟然能在這個房間住了長達十年，這麼一想，莎娜湧現一種如夢初醒的感覺。

其實這些金屬家具和灰色壁紙，都不是莎娜喜歡的風格。莎娜喜歡溫暖的木桌、木椅，也喜歡圓點圖案的窗簾和蓬鬆的地毯，還希望家裡有一個大書架，上面放滿自己喜歡的書，桌面則用鮮花來點綴。

但是她放棄了自己喜歡的生活，一直忍耐配合，因為她的男朋友賈洛說這樣比較好。

她在就讀美術大學時認識了賈洛。賈洛自信滿滿的藝術家性格，讓莎娜對他深深著迷。當他們決定同居時，她簡直樂翻了天。

只不過和賈洛一起生活很辛苦。

賈洛很任性，只要稍有不滿，就會像小孩子一樣鬧脾氣，而且做事總是反覆無常，有時候還會心血來潮突然出門，連續好幾天都不回家。

賈洛沒回家的期間，莎娜整天都感到提心吊膽。

「啊，都是我不好。他會回來嗎？只要他回來，我什麼都聽他的。」

久而久之，莎娜開始看男朋友的臉色過生活。

為了讓賈洛高興，她換了壁紙的顏色，買了賈洛喜歡的金屬家具，下廚時也只做賈洛愛吃的菜。

她以前很愛畫畫，如今也不再拿起畫筆了。

「你的畫作風格很孩子氣，而且缺乏爆發力。當作興趣還行，如果你想成為藝術家，我勸你趁早放棄。」

賈洛曾經這麼對莎娜說，因此莎娜到超市工作，靠著在超市賺的薪水過日子。就連賈洛畫畫的顏料和畫布，也都是用莎娜賺的錢購買。

「藝術家要專心創作，沒有時間浪費在無聊的工作上。」

因為賈洛這麼說，所以莎娜必須不停為他購買昂貴的顏料和畫布。這樣雖然很辛苦，但是只要賈洛對她說：「莎娜，謝謝你，只有你最了解我。」她就覺得一切都值得了。

可是最近賈洛越來越少回到莎娜身邊。莎娜越擔心，賈洛就越冷淡，而且還對她不理不睬。

莎娜的心情受到賈洛的影響七上八下，她老得很快，連頭髮都白了。

今天她收到一封賈洛寄來的信，信裡的內容相當冷淡無情。

賈洛在信中說自己遇見了真正喜歡的人，他決定和對方結婚，不想再看到莎娜，也不打算再和她見面，莎娜可以把他留在公寓裡的東西全都丟掉。

整封信裡沒有一絲溫暖，連「謝謝你這些年的照顧」、「和你在一起很愉快」這樣的客套話也沒有，那句「從今以後，你不要再來糾纏我」，更是深深傷透了莎娜的心。

「沒想到賈洛竟然會說出那麼冷酷的話。唉，他真的不喜歡我了，但是我一直都是為他而活，失去了他，我以後該怎麼活下去？」

事情發生得太突然了，莎娜覺得身心都變得很空虛，她搖搖晃晃的癱坐在地上，剛好看到了掛在牆上的畫。

那是賈洛為莎娜繪製的肖像畫，不知道為什麼，頭髮和皮膚塗了深綠色，眼眶中有粉紅色的淚水在打轉。不知道是不是因為掛在灰色牆壁上的關係，整幅畫看起來很陰沉，讓人感到不寒而慄。

莎娜一直把這幅畫掛在牆上，因為賈洛說：「這是我特別為你畫的。」過去的賈洛，整天都對莎娜說一些甜言蜜語。

莎娜突然想到了一個好主意。

「把這幅畫……拿去給賈洛看不知道會怎麼樣？也許他會稍微回想起當時為我畫這幅畫的心情。」

總之，她想和賈洛見面好好談一談。

莎娜在這樣的想法驅使下，把畫像從牆上拿下來，然後走出了家門。

她不知道賈洛在哪裡，但是她知道賈洛的朋友住在什麼地方，那個朋友可能會告訴她賈洛的下落。

莎娜帶著一線希望走在街上，但是內心陷入了天人交戰。

「這樣做說不定是白費力氣。他已經討厭我了，看到這幅畫會改變心意嗎？如果他明確的說討厭我該怎麼辦？」

不安、悲傷和寂寞的情緒，讓眼前的一切都變成了灰色。也許灰色原本就是一種討厭的顏色，如果是什麼都看不到的黑色，反而還比較好呢。

似乎是受到莎娜沉重心情的影響，周圍漸漸起了霧。轉眼間，濃重的霧氣把莎娜包圍了。四周聽不到任何聲音，她感到極度不安，好像自己被整個世界遺忘了。

「這是怎麼回事？這未免太奇怪了。」

正當她小聲嘀咕的時候，發現不遠處的地上微微發出了亮光。仔細看就能看出那是一個小腳印，腳印發出淡淡的粉紅色光芒。

「哎喲。」她忍不住倒吸一口氣，然後發現還有其他的腳印。讓人眼睛為之一亮的水藍色、楓葉般的顏色，還有令人聯想到春風的溫柔顏色。地上一個又一個的腳印，簡直就像是小孩子在鞋底塗了顏料，然後一步一步留下了足跡。

莎娜忍不住順著這些腳印往前走。她在霧中前進，來到了一個小院子。

院子裡有一片綠色草皮，上頭立著的牌子，用五彩繽紛的字寫著「把顏色送給你——變色屋」。

「變色屋?是指這棟房子嗎?」

莎娜目不轉睛的注視著牌子後方。

那裡有一棟奇怪的房子，外型是酒桶的形狀，還有圓形的窗戶和煙囪，五顏六色的外牆，簡直就像是彩虹色的鱗片。

這棟房子奇特又迷人，裡面到底住著什麼樣的人呢？

莎娜正在思考這個問題的時候，門打開了，有個男孩從屋內探出頭來。他看起來大約八歲，身上穿著雨衣還戴著雨衣的帽子，腳上也穿著長雨靴，而且他的肩膀上坐著一隻綠色的變色龍。

莎娜再次嚇了一跳，因為那隻變色龍竟然滔滔不絕的開口說話。

「嗨，歡迎光臨。你是客人吧？歡迎你來變色屋。來，請進，你是來找自己想要的顏色對吧？店裡有很多顏色，我們也可以為你做出各種色彩。喂，譚恩，你也說幾句話啊。」

「請……」男孩小聲的說。

也許是因為太過驚訝，莎娜聽從變色龍的指示，搖搖晃晃的走了進去。

當她回過神時，發現自己在一個舒服的小房間內。天花板上懸掛著一個圓形的吊燈，桌上放著可愛的野花，後方還有一個火爐，旁邊放著平底鍋和鍋子。他們似乎是用這個火爐下廚。

房間的牆上有一面長長的架子，架子分成好幾層，看起來就像是條紋圖案一樣。最上面的架子還很空，但是中間到下層的架子上放了許多小瓶子。

莎娜的目光立刻被吸引過去，因為這些小瓶子裡裝了許多五彩繽紛的顏色。

紅色、珍珠色、藍繡球花色、蜂蜜色、夕陽色。

這些顏色比任何寶石、鮮花都更加鮮豔閃亮。

「好美……」

莎娜情不自禁的發出嘆息。這時，她的雙眼緊盯著其中一個小瓶子。

瓶子裡裝著的天藍色，宛如晴朗的夏日天空，清澈透明的藍色打動了莎娜的心。

這種顏色的顏料，不管去哪一家美術社都買不到。「啊，好想要，我好想要這種顏色。」

莎娜不由自主的朝小瓶子伸出手，這個時候，她聽到變色龍開口說：

「這位客人，你似乎找到了滿意的顏色。」

回頭一看，她才發現那個男孩和變色龍站在自己的身後。

「總之，你先坐到椅子上，我們來為你介紹一下這家店。」

「好。」莎娜順從的坐到椅子上。

男孩遞出一個大馬克杯，害羞的對她說：「請……」

莎娜感激的接過杯子，發現裡面裝著熱牛奶。帶著淡淡甜味的牛奶很溫暖，讓莎娜感慨不已。她已經很久沒喝熱牛奶了，因為賈洛討厭牛奶，所以她有好幾年都沒買牛奶了。

「真好喝，謝謝。」

她發自內心的道謝，男孩靦腆的低下頭，變色龍則喋喋不休的說了起來。

「我向你介紹一下，這裡是變色屋，可以提供客人想要的顏色。啊，譚恩就是這家變色屋的主人，我是被他收服的使役靈——也就是被魔法師收服的動物，帕雷特，請多指教。」

聽到這裡，莎娜才恍然大悟，原來這個名叫譚恩的男孩……

「你是魔法師嗎？」

譚恩沒有回答，而是帕雷特開口回應。

「沒錯，雖然他年紀還小，卻是可以運用變色魔法的魔法師。」

「所以是顏色的魔法師嗎？」

「你說對了，譚恩可以用任何東西做出顏色，然後提供給需要那種顏色的客人。不過這個服務當然不是免費提供，客人必須支付報酬才行。」

「要多少錢？」

「報酬不是金錢，顏色的報酬當然也要用顏色支付。譚恩會用客人的某樣東西製作顏色，然後收下這種顏色作為報酬。你了解本店經營的方式了嗎？」

「我了解。」

雖然聽起來很不可思議，但是她能理解。如果想要那瓶天空藍，就必須提供某樣東西作為代價。

莎娜把手上的綠色肖像畫遞到他們面前。

「這幅畫可以嗎？可以用這幅畫做出的顏色作為報酬嗎？」

原本她帶這幅畫出門是為了讓賈洛看，但是現在這種事根本不重要，她更想要那瓶天空藍的墨水。

沒想到——

譚恩瞥了那幅畫一眼，小聲嘀咕了一句。莎娜沒有聽到他說的話，但是帕雷特似乎聽到了。變色龍一臉抱歉的說：

「這位客人，很對不起，譚恩說不行。」

「為、為什麼？」

「呃，譚恩說這幅畫很空洞，完全沒有任何心意，所以做不出顏色。畫這幅畫的人應該很膚淺，雖然我剛才說任何東西都可以做出顏色，但是沒有任何意義或沒有心意的東西就不行。」

莎娜一臉茫然的看著肖像畫。

就連眼前的孩子都說這幅畫很「空洞」，就代表畫這幅畫的賈洛完全沒有內涵，是一個空洞的人。

莎娜突然從夢中清醒了。

沒錯，賈洛真是太過分了，不過這全都要怪她自己。因為她不想一個人，所以才會一直賴著他，結果失去了時間和金錢，也失去了提醒她「賈洛這個人有問題」的朋友，失去了一個又一個重要的東西。

最重要的是，她失去了自信。「唉，我已經一無所有，到底該怎麼做才能找回自信呢？」

莎娜內心感受到的已經不是寂寞和悲傷，而是極度的空虛。她忍不住哭了起來，大顆的眼淚撲簌簌的流了下來。

這時，意想不到的事情發生了。

譚恩迅速走過來，用雙手接住了莎娜流下的淚水。

然後他脫下雨衣的帽子，露出一頭彩虹色的頭髮，金色、橘色、紅色、綠色、水藍色、淡紫色，以及銀白色。

一撮撮頭髮閃耀著鮮豔的光芒，搖曳的色彩美得像是夢境，而且譚恩的臉也像天使一樣可愛。

在瞪大眼睛的莎娜面前，譚恩用宛如銀色鈴蘭的嗓音唱起歌來。

春天原野花滿開，歡天喜地隨手摘，
黃色油菜花，紫色紫羅蘭。
夏天樹林開滿花，歡天喜地去尋找，
藍色鳶尾花，深紅色草莓。
秋天山林果實多，歡天喜地來撿拾，
紅色的落葉，金色的橡實。
冬天森林樹木多，歡天喜地去尋寶，

銀色槲寄生，綠色的木樨。
蒐集滿滿的寶物，一起拿來送給你，
滿懷鮮豔的色彩，讓你心滿又意足。

不可思議的歌聲在小小的房子裡迴盪。

光芒開始向譚恩的手心聚集，金沙般閃爍的亮光，漸漸凝聚在一起。

當光芒消失的時候，譚恩的手上出現了一個小瓶子。

瓶子裡裝了像是冬日寒冷天空般的銀灰色，注視著這個悲傷的顏色，會讓人覺得極度寂寞，很想依賴別人。

不要走，留下來。

我很寂寞，我很寂寞。

留在我身邊，我可以為你付出一切。

這個顏色似乎發出了啜泣的聲音。

莎娜哭泣時，對冷漠無情的賈洛所產生的想法，全都變成了這瓶墨水。

莎娜看得目瞪口呆。譚恩重新戴上雨衣的帽子，小聲對她說：

「這是你眼淚的顏色……這個給我……你可以帶走你想要的顏色……」

「咦？可以嗎？」

「這位客人，譚恩都這麼說了當然是可以啊。來，你趕快挑選，每個瓶子裡的墨水都有魔法，只要一滴，不管是什麼東西都能染上色彩。無論是衣服還是花，你可以用在任何你喜歡的東西上。來，趕快挑選吧。」

莎娜在帕雷特的催促下，忐忑不安的站了起來，然後把天空藍的小瓶子從架子上拿下來。

「我想要這個。」

「哦，你挑選了很棒的顏色。」帕雷特高興的說。

「這是用一條可愛串珠項鍊做出來的顏色，是一個女孩在生日時收到的禮物，所以是祝福生日的顏色。」

「生日的顏色……難怪我會這麼想要這種顏色，」莎娜終於理解了，「我終於獲得了重生，所以今天是我的生日。」

莎娜道謝後，小心翼翼的拿著瓶子走出了魔法師的家。

她一踏出腳步，立刻發現自己站在熟悉的街道上，即使回頭看，也看不到那棟彩虹色的酒桶狀房子，譚恩和帕雷特也不見了。但是她知道自己剛才並不是在做夢，因為天空藍的小瓶子在她手上閃閃發亮，這是最好的證明。

「原來有這麼不可思議的事。」

她發現自己的心情在不知不覺中已經平靜下來，她對賈洛的愛、執著、悲傷和恨意也全都消失了。

她累積在心中的痛苦，大概是變成眼淚的顏色被帶走了。現在她擁有這瓶天空藍，莎娜覺得這個顏色實在太漂亮了，光是看著它，內心的每個角落好像都被染成了天空的顏色。

「好！」

莎娜精神抖擻的走回公寓，腦海中浮現了一個又一個計畫。她要把那些品味很差的家具全都清光，然後把賈洛的東西全部丟掉。

首先要換掉壁紙，她已經受夠了灰色壁紙。對了，就用這瓶天空藍的墨水來染色，帕雷特說只要一滴，就可以為任何東西染上色彩，如果家裡的牆壁是天空藍，看起來一定很美，而且睽違多年她也有了重拾畫筆的想法。沒錯，自己可以在牆上畫畫，在天空藍的畫布上，畫許多自己最愛的花和動物。

莎娜越想越高興，越想越快樂，忍不住放聲笑了出來。

與此同時，譚恩和帕雷特在變色屋裡注視著剛剛得到的那個銀灰色小瓶子。

帕雷特嘆著氣說：

「這個顏色太寂寞了，剛才那位客人應該是遇到了很傷心的事。因為你取出了顏色，所以她的心情會輕鬆許多，但是真的會有人想要這種顏色嗎？」

「沒問題……」

「真的嗎？」

「嗯，這也是很漂亮的顏色……所有顏色都很漂亮……一定也會有人需要這個顏色……」

譚恩說著，溫柔的把灰色小瓶子放到架上。

「啊！」帕雷特突然叫了起來，「那個客人忘了把畫帶回家了。怎麼辦？要追上去還給她嗎？」

「我想……她應該不需要這幅畫了。」

「嗯，我也這麼認為。這幅畫真的很糟，搞什麼嘛，竟然畫一個綠色的女人，而且還在流眼淚，看了真是不舒服……好！我們把這幅畫送去給改造屋的茨露婆婆，她一定可以把這幅畫改造成美好的東西。」

「真是好主意……」

譚恩點了點頭，伸手拿起畫，準備送去改造屋。

2 變色花瓣

快了、快了，應該快了，這個花苞很快就會開花了。

拓葛屏住呼吸，看著自己種植的爆花。

不出所料，如同黑色橡實般的花苞一下子爆開了，簡直就像魔術師從指尖變出花束一樣，花瓣在瞬間綻放。

但是拓葛一看到花的顏色，忍不住感到失望。

「又是粉紅色……」

他氣得一腳踢開腳下的盆栽。

拓葛一次又一次的試驗、挑戰，想要種出紅色和白色的花瓣。他更換了肥料，也授了來自異國花卉的花粉，但是問題到底出在哪裡呢？

「唉，品評會就快要舉行了，依照目前的情況，今年可能又會輸給尤治。」

五十六歲的拓葛，從以前就很喜歡園藝，也很擅長改良品種，至今已研發出好幾種新品，像是綠色的玫瑰、鮮紅色的向日葵，還有藍色的鈴蘭。

但是現在他迷上了爆花。

爆花在開花時，花苞會像爆炸般瞬間綻放，這種花品種改良很容易，也有很多愛好者，而且每年都會舉辦比賽，看誰能夠種出顏色奇特的爆花。

拓葛很想在這個比賽中獲勝，一旦獲勝不僅能夠得到獎金，冠軍花還會成為新品種上市，種子可以賣出很好的價格。只要贏得這場比賽，自己就可以名利雙收。

不過這幾年，都是由他的競爭對手尤治拔得頭籌。

「尤治這個討厭鬼！」

拓葛很痛恨尤治，而且對他嫉妒不已。尤治的個性吊兒郎當，卻在品種改良方面有獨特的品味，不斷搶走拓葛想要的東西。尤其是去年，尤治種的淡紫色爆花光彩奪目，因此拓葛卯足全力努力了整整一年，想要研發出超越淡紫色爆花的新品種。兩個月後就要舉行品評會了，但是他遲遲無法種出符合期待的花卉。

一定要種出顏色特殊的爆花，要種出讓尤治和其他人大吃一驚的顏色。

他發自內心這麼想著，走出了溫室。他打算用放在溫室外的新盆子裝泥土，再重新試一次。

這次改用其他肥料試試看，無論如何都要種出絕無僅有的顏色。

當他走出溫室的時候，四周突然被白霧包圍了。不知道是什麼時候起霧的，霧氣很濃重，根本看不到三公尺外的狀況。

拓葛心浮氣躁的想要向前走，突然發現地上有粉紅色的小腳印。而且腳印不只一個，而是有一整排。有趣的是，每個腳印的顏色都不一樣，留下腳印的人似乎每走一步，就在鞋底換上了不同的油漆。

「是誰在我的院子裡搗亂？」

拓葛氣鼓鼓的嘀咕，但是他很好奇，所以決定沿著腳印走過去看看。不可思議的是，即使在濃霧中，也可以清楚看到這些五顏六色的腳印。

拓葛覺得這些腳印就像是路標，不一會兒，他來到了一棟以前從沒看過的房子面前。那是一棟酒桶形狀的小房子，五彩繽紛的顏色像魚鱗般包圍了整棟房子。

門口有一塊招牌，上面寫著「把顏色送給你——變色屋」，而且招牌上的字也使用了不同的顏料。

「變色屋？好奇怪的名字。這該不會……沒錯，一定就是這樣。

這是魔法師的家，說不定我要時來運轉了。」

拓葛竊笑著，再度仔細打量這棟奇妙的房子。

「煙囪冒著煙就代表房子裡有人。好，我去見一見魔法師。」

拓葛清了清喉嚨，盡可能挺起胸膛，然後伸手敲門。

門馬上就打開了，是一個矮小的男孩前來應門。這個奇怪的男孩穿了一件有帽子的雨衣，還穿著長雨靴。

拓葛嚇了一跳，因為他沒想到自己竟然會看到一個小孩子。

這個孩子說不定是魔法師的徒弟。

拓葛調整了一下心情，對眼前的男孩說：

「我、我好像收到了邀請，請問邀請我來這裡的魔法師在嗎？」

這時，有個綠寶石顏色的東西爬上了男孩的肩膀，原來是一隻小小的變色龍。變色龍轉動著眼珠子，連珠炮似的開口說：

「你搞錯了。你不是收到邀請，而是你需要魔法，才會發現通往這裡的路。」

「變色龍說話了……哈、哈哈哈，不可能會有這種事吧！」

拓葛勉強擠出笑聲，變色龍則一臉無奈的看著他說：

「我說這位客人，你明知道自己來到了魔法師的家，為什麼不願意相信發生在眼前的事情呢？希望你能將我會說話視為一件很正常的事。」

「所、所以你是魔法師嗎？」

「我怎麼可能是魔法師，我只是使役靈。他才是魔法師，譚恩是變色屋的變色魔法師。」

「這、這個小孩嗎？」

拓葛驚訝得瞪大了眼睛。名叫譚恩的孩子低著頭站在原地，看起來沒有多大能耐，他真的會使用魔法嗎？

正當拓葛感到不安的時候，突然聞到了一股焦味。

「啊！」帕雷特叫了起來，「是鬆餅！譚恩，你忘了把平底鍋從火爐上拿下來！」

那個小孩和變色龍急忙跑進屋內。

拓葛悄悄探頭向屋內張望，發現這棟小房子很舒服。中央有一張桌子和兩張椅子，後方有一張吊床，牆上有好幾層長長的架子，架上排放著許多寶石般閃閃發亮的小瓶子。

魔法師站在火爐前，手忙腳亂的處理燒焦的平底鍋，平底鍋冒著黑煙，裡面有一個漆黑扁平的東西。

帕雷特發出了傷心的叫聲。

「唉，難得的午餐就這樣泡湯了。譚恩，怎麼可以聽到客人來了，就把平底鍋丟在火爐上跑出去呢？這樣不行啊。」

「對不起……」

「這下子該怎麼辦？中午又要吃三明治嗎？」

「嗯，但是丟掉太浪費了……」

「你還要做嗎？好吧，隨你便。啊，這位客人，可以請你在椅子上稍坐一下嗎？我們很快就會處理好。」

「喔，好。」

拓葛坐下的時候，男孩拿下了頭上的帽子。

拓葛瞪大了眼睛，因為男孩的頭髮有七種不同的顏色，簡直就像是彩虹。

「真好，如果可以種出這種彩虹色的爆花，一定可以在比賽中獲得冠軍。」

拓葛暗自想著這種事的時候，男孩把手放在燒焦的鬆餅上，用清澈的聲音唱起了歌。

春天原野花滿開，歡天喜地隨手摘，
黃色油菜花，紫色紫羅蘭。
夏天樹林開滿花，歡天喜地去尋找，

藍色鳶尾花，深紅色草莓。
秋天山林果實多，歡天喜地來撿拾，
紅色的落葉，金色的橡實。
冬天森林樹木多，歡天喜地去尋寶，
銀色槲寄生，綠色的木樨。
蒐集滿滿的寶物，一起拿來送給你，
滿懷鮮豔的色彩，讓你心滿又意足。

燒焦的鬆餅發出光芒，然後被吸進譚恩的手中。

當歌唱完的時候，譚恩手上拿著一個小瓶子，裡面裝著接近黑色的深棕色。

「焦黑色……完成了。」

譚恩心滿意足的嘀咕著，把小瓶子放到架上，然後重新戴好雨衣的帽子，看著拓葛問：

「請、請問你有何貴事？」

他又恢復成沒有自信、忸忸怩怩的態度，難以想像他剛才唱歌時那麼落落大方。

「太令人驚訝了，原來你真的是魔法師。」

「對啊，譚恩是變色屋的變色魔法師，可以從各式各樣的東西中取出顏色，也可以做出客人想要的顏色。你看，那些架上不是有小瓶子嗎？那些全都是譚恩做出來的墨水，只要一滴，任何東西都能馬上染上顏色。」

「真、真的嗎？你說任何東西都可以，所以也可以染花嗎？」

「當然可以，但是我覺得花原本的顏色最美麗，根本沒有必要染成其他顏色。」

但是拓葛根本聽不進帕雷特說的話。

「這是個好方法，」拓葛雙眼發亮，「我可以用這裡的墨水改變爆花的顏色。雖然這種手法是作弊，但只要能贏尤治就好。我想在比賽中名利雙收，只要能達到這個目的，就算作弊也沒關係。」

他已經決定好想要的顏色，所以當帕雷特問他：「這位客人，你有想要的顏色嗎？可以跟我們說。」拓葛毫不猶豫的回答：「彩虹色，我想要彩虹色的墨水。」

「彩虹色嗎？你竟然想要這麼高難度的顏色。」

「做不出來嗎？」

「不，這位客人，你的運氣真好。不久之前，譚恩剛好在雨後天晴的時候，做出了這種顏色。譚恩，你說對不對？」

「嗯……」

譚恩伸手從架子上拿了一個小瓶子遞給拓葛。

「這是夏末的彩虹色……你對這個顏色滿意嗎？」

拓葛驚豔得說不出話來，因為他簡直無法呼吸。

彩虹在小瓶子內形成了漩渦，紅色、橘色、黃色、嫩綠色、水藍色、深藍色，還有紫色像細細的緞帶把所有顏色連在一起，裝滿了整個小瓶子。

這個顏色太漂亮了，真的就像彩虹一樣。好想要，他無論如何都想要這個小瓶子的顏色。

「很漂亮，我就要這個顏色。」

「你滿意這個顏色真是太好了，但是這瓶墨水不能免費送你，你必須先支付酬勞。」

「要多少錢？」

「魔法師的商店不用金錢做交易，既然我們提供的是顏色，你也要給我們顏色作為報酬。」

「顏色？」

「啊，你不必想得太複雜，只要隨便挑一樣你擁有的東西給我們就好。譚恩會像剛才你看到的一樣，用那樣東西製作顏色，做出來的顏色就成為你支付的酬勞。」

「原來是這樣。」

這個年幼的魔法師會想要什麼東西呢？自己有可以作為彩虹色墨水酬勞的顏色嗎？

拓葛有些不安，伸手在長褲和園藝圍裙的口袋裡四處摸索。他拿出一顆爆花的種子。爆花的種子和向日葵的種子差不多大，棕色的種子表面很光滑。

這個應該不行。拓葛正準備把種子收回去時，譚恩走上前說：

「這個……」

「嗯？怎麼了？」

「我想要……這顆種子。」

「咦？這個可以嗎？」

看到譚恩用力的點頭，拓葛在內心露出了笑容。

「太好了，竟然能用爆花的種子換到魔法墨水，這簡直是得償所願。」

拓葛表現出一副「既然你想要那就給你」的態度，把種子交給了譚恩。

譚恩再次唱起魔法之歌。

當他唱完歌時，顏色很深的金棕色墨水瓶誕生了。

拓葛大吃一驚，他沒想到爆花的種子竟然可以變成這麼漂亮的顏色，簡直就像熔化的銅一樣閃閃發亮。

原來如此，難怪魔法師會想要這顆種子。

譚恩高興的把金棕色小瓶子放到架上，然後把彩虹色的瓶子遞給拓葛。

「這個……給你，這是你的了。」

「謝謝，那我就收下了。」

拓葛抓起小瓶子，急急忙忙離開魔法師的家。一踏出門外，他便發現自己站在家中的庭院裡。

回來了，回到自己的世界了。

拓葛鬆了一口氣，立刻衝進溫室，然後站在剛才綻放的粉紅色爆花面前。

爆花淡淡的粉紅色花瓣很漂亮，給人一種夢幻的感覺，但是在拓葛眼中，這個顏色是失敗品，不過這瓶墨水可以解決所有問題。

他用顫抖的手指打開小瓶子的蓋子，把墨水滴進盆栽的土壤中。他覺得一滴不夠，所以連續滴了兩、三滴。

接著，他的眼睛瞪得像盤子那麼大，注視著花朵的變化。

這一年的園藝比賽盛況空前。七彩花瓣的爆花成為大家討論的熱門話題。花蕊的部分是紅色，從中心向四周漸漸變色，最後花瓣的邊緣是紫色，簡直就像是彩虹出現在鮮花上，吸引了所有人的目光。毫無疑問，這款花成為了園藝比賽的冠軍。

「太美了！」

「拓葛先生，恭喜你獲得冠軍！這種花到底是怎麼種出來的？」

「我希望這種花也可以出現在我家院子裡，結出種子時，可以賣給我嗎？」

「等一下！拓葛先生，我們是綠花園園藝用植物銷售公司，請把那盆爆花賣給我們，我們希望培育出更多種子，把這款花種送到更多人手上，當然價格隨你開。」

「喂，你這樣太狡猾了！拓葛先生，如果你打算出售這盆花，那你一定要賣給我們鮮花樂園！」

「等一下！多少錢都不是問題，請你一定要把花賣給我。」

拓葛在眾人的包圍下，笑得合不攏嘴。

終於贏過尤治了！雖然他種出了淡紫色的爆花，但是完全沒有人在意，大家的眼中只有拓葛的彩虹花。「啊，太開心了，真棒！來吧來吧，如果想要我的花，那就繼續競價，把價格拉抬得越高越好。」他在心裡這麼想著。

拓葛的願望成真了，彩虹色的爆花最後賣出驚人天價，買家是一位熱愛花卉的富豪太太。

拓葛一臉得意的接過鉅款，他打算用這筆錢好好享受人生。他買了至今為止一直想買卻下不了手的東西，盡情享受美酒佳餚，還買了高級轎車。這些都只是小意思，即使花天酒地他也完全不必擔心。

拓葛根本不在意，因為他家裡還有彩虹色墨水。瓶子裡的墨水還剩很多，這就表示以後還可以製造出很多盆彩虹色的花。

這筆錢用完之後，下次可以再做彩色大理花出售。按照目前的形勢判斷，幾個月後自己就能成為億萬富翁了。

拓葛這麼想著，立刻決定去買車。

沒想到——

幾個月後，拓葛失去了一切，因為之前買了彩虹色爆花的貴婦對他提告。

那名貴婦把彩虹色爆花種在自己引以為傲的庭園內，但是之後開出的花朵都是淡淡的粉紅色。

這種結果並不意外，因為種在普通的土壤裡，當然不可能開出彩虹色的花卉。當初拓葛是把墨水滴在盆栽的土壤中，那個貴婦當然不可能知道這件事。

「我被騙了。彩虹色的爆花，一定是將七彩顏色塗在花瓣上做出來的。」

貴婦氣得七竅生煙，把他告上了法庭。

拓葛無可奈何的說出真相，他說自己使用了魔法師的墨水，讓爆花開出七彩花朵。

「這、這就像是一種肥料，是品種改良的手段。」

雖然拓葛這麼說，但是大家的反應很冷淡。

「竟然是靠魔法。」

「卑鄙無恥。」

「這是造假。」

拓葛不僅優勝資格被取消，還打輸了官司，失去了所有的金錢。他無法承受周遭人們的目光，最後匆匆搬家逃走了。

他留下的房子遲遲賣不出去，以前細心照顧的庭院和溫室也荒廢了。

有一天，一個男孩經過了拓葛的房子。那天的天氣很晴朗，但是男孩仍穿著水藍色的長雨靴和雨衣，在看到那棟無人居住的房子庭院時，男孩停下了腳步。

雨衣帽子上的變色龍尖聲詢問：

「譚恩，怎麼了嗎？你是不是發現了什麼漂亮的顏色？」

「嗯，那個……」

順著譚恩手指的方向望去，可以看到盛開的鮮花。

淡粉紅色的爆花即使沒有人照顧，仍然健康的茁壯生長，從損壞的溫室破牆而出，一直垂到圍牆外側。

垂下的花莖上有許多鮮花綻放，譚恩被淡淡的粉紅色鮮花吸引

了目光。

「我……很想要……」

「應該沒關係吧，反正這棟房子沒人住，這些花已經不屬於任何人了，你可以採啊。」

譚恩在帕雷特的慫恿下，鼓起勇氣朝花伸出手。粉紅色的爆花變成了漂亮的粉紅色墨水，柔和飄逸的顏色讓譚恩忍不住瞇起眼睛。

「好漂亮……」

「對啊，真的好漂亮。說到花，之前有個客人說過想要為花染上顏色，就是那個想要彩虹色墨水的人，不知道他後來有沒有用在花上？」

「花還是自然的顏色最漂亮……」

「嗯，我也這麼覺得。」

魔法師和變色龍聊著這些話，離開了已經無人居住的房子。

3 渴望的毛衣

放學後，奈莉坐在大學花圃前的長椅上，不停的用棒針編織著毛衣。

這裡要這樣織，那裡開始要那樣織。

深棕色和乳白色的毛線交錯編織出圖案，奈莉樂在其中，忍不住露出了微笑。

奈莉目前就讀大學一年級，她參加了手藝社，雖然手工縫製和

刺繡都難不倒她，但編織才是她真正的拿手絕活。她只要一天就可以織出一條圍巾，就連複雜的絞花圖案，在她手上也是輕而易舉。她正在為自己編織冬天要穿的毛衣，編得蓬鬆一點一定會很暖和舒適。

她再度露出微笑的時候，身後響起一個語帶佩服的聲音。

「哇，你好厲害！」

回頭一看，一個高大的年輕人站在奈莉身後。他的身材很結實，手臂和大腿都很粗壯，但是五官俊俏，一臉和藹可親的樣子。他語氣開朗的向大吃一驚的奈莉打招呼。

「你好，我是划船社的謝古羅，目前就讀三年級。」

奈莉當然認識謝古羅，這所學校幾乎所有女生看到他都會尖叫，全校最受歡迎的男生她怎麼可能不認識呢？

但是奈莉從來沒有接近過謝古羅，因為啦啦隊的女生總是在謝古羅身邊打轉，奈莉並不想和那堆粉絲擠在一起尖叫，最重要的是，她認為謝古羅和自己這種不起眼的女生活在不同的世界。

沒錯，奈莉很不起眼，她總是用深色髮帶綁起一頭鬈髮，整天穿著樸素的洋裝，而且不是棕色就是深綠色。

她也覺得很不可思議，在為別人編織或製作衣服的時候，她都會選擇鮮明、漂亮的顏色，但是在挑選自己穿戴的東西時，她就會挑選暗淡的顏色。

如果說奈莉是靜靜走在陰暗處的黑貓，謝古羅就是在白天大草原上昂首闊步的獅子。他們是完全不同的人，沒想到此刻謝古羅竟然站在自己身後，而且還直接對自己說話。

奈莉心慌意亂的小聲回答：

「我知道你是誰，你是划船社的王牌選手。」

「你說我是王牌選手，真是令人不好意思。你是手藝社的奈莉吧？我認識你，因為你在刺繡比賽中獲得了二等獎。你的作品陳列在圖書室前面，我一直很好奇是怎樣的女生，可以繡出那麼細膩的作品，所以就問了一年級的學弟。」

謝古羅探出身體繼續說：

「你現在該不會是在織毛衣吧？」

「對、對啊。」

「好厲害。我一直以為要到店裡才能買到毛衣，我媽和奶奶都笨手笨腳的，所以我很尊敬手巧的人。」

「這、這沒有很難，只要掌握訣竅，任何人都可以輕鬆完成，毛衣也只要半個月就可以織好。」

「這麼快就可以完成嗎？」

謝古羅瞪大眼睛，露出熱切的表情拜託奈莉。

「我可以拜託你織毛衣嗎？請幫我織一件毛衣。我今年又長高了，想要一件冬天可以穿的新毛衣，如果是手工編織的那就太好了。當然，我會付你購買毛線和編織的工錢，可以嗎？」

「可、可以啊，那請讓我量一下尺寸。」

奈莉用放在包包裡的捲尺，為謝古羅量了尺寸。脖圍、胸圍、袖長，即使隔著衣服，也知道謝古羅的胸肌和手臂肌肉很發達，奈莉忍不住心跳加速。

「奈莉，振作一點，你又不是他的粉絲。」奈莉在心裡反覆告誡自己。

最後，奈莉問謝古羅：

「你對顏色或圖案有沒有什麼要求？」

「由你決定，你一定能織出漂亮的毛衣。但是我可以提一個任性的要求嗎？我希望在滿月節之前收到。」

在秋天結束的滿月之夜，城裡會舉辦名為「滿月節」的浪漫活動，屆時整個城市都會點亮燈光，大家一起喝加了辛香料的甘甜熱紅酒，在大廣場上跳舞。

滿月節時，無論是男生還是女生，只要受邀跳舞就不可以拒絕。也就是說，即使是平時難以接近的對象，也可以在滿月節向對方提出「要不要在冬季來臨前一起跳舞？」的要求。

謝古羅似乎也打算在滿月節時邀請別人跳舞，所以他才會想要擁有一件新毛衣。

奈莉有點意外，覺得「不是有很多女生喜歡他嗎？」但還是點頭同意。

「好啊，我一定會在滿月節之前完成。」

「謝謝你，我很期待喔！」

謝古羅向她擠眉弄眼，然後跑向操場。

奈莉陷入一片茫然，有很長一段時間無法思考。

剛才發生的事是現實嗎？該不會是自己睜著眼做了白日夢吧？全校最受歡迎的男生，竟然和自己這種個性陰沉又不起眼的女生說話，而且還約好要為他織毛衣。不過自己已經為他量了尺寸，這應該不是夢。

奈莉終於回過神，急急忙忙的前往手工藝品店。這是她第一次為自己和家人以外的人織毛衣，而且謝古羅剛才還稱讚了奈莉的織品，所以奈莉信心大增，決定要卯足全力織一件最棒的毛衣給他。

她在毛線區找了半天，最後決定購買摸起來很舒服的粗毛線。

她挑選了宛如冬天大海的深灰色，但是只有灰色會太暗淡，所以她同時買了閃亮的銀色和藍色毛線，打算用這兩種顏色搭配出複雜而漂亮的圖案。

那天之後，奈莉開始為謝古羅編織毛衣。她沒有把這件事告訴任何人，因為她說不出口。要是說出這件事，自己馬上就會被謝古羅的粉絲盯上，搞不好還會遭到圍毆，她才不想惹麻煩。

而且一想到自己是在為謝古羅織毛衣，她就覺得很害羞。

所以她也不在學校織毛衣。雖然她最喜歡坐在學校的長椅上，沐浴著陽光和秋風織毛衣，但是現在只能暫時放棄，在自己家裡或是附近的公園進行編織作業。

她也盡可能的避開謝古羅，因為謝古羅每次看到奈莉，就一副很想和她打招呼的樣子。

「我會為你織毛衣，拜託你現在不要來煩我，我不想被其他女生發現！」

雖然奈莉只能偷偷摸摸的進行編織作業，不過毛衣很快就要完成了。

某個風和日麗的星期天下午，奈莉帶著即將完成的毛衣和毛線前往公園。

她像往常一樣坐在長椅上，拿起了棒針。

輕拂而過的秋風、明亮溫暖的陽光，就連翩翩飄落的樹葉，都讓人感覺很舒服。

能在戶外織毛衣的日子不多了，因為冬天的腳步近了。

「趁現在好好享受秋天吧。」奈莉一邊哼著歌，一邊編織毛衣。

可惜幸福的時間並沒有持續太久。

「喂！」

突然有個人大聲的叫她。

奈莉抬起頭，看到一個身材苗條的美女站在眼前。她的長相美得令人驚訝，一頭漂亮的金色秀髮簡直就像是從畫中走出來的人。不過她那雙藍色眼睛看起來很冰冷，讓人感到不寒而慄。

奈莉縮成一團。她知道這個女生是誰，她是三年級的學姐，也是啦啦隊隊長，經常黏在謝古羅的身旁。聽說她常常注意謝古羅的四周，不讓任何女生靠近他。奈莉記得她的名字……

「蜜蘿學姐。」

「哎喲，原來你知道我的名字，那事情就好辦了。聽說你在為謝古羅織毛衣，這是真的嗎？」

「呃、啊，不……」

「該不會就是你手上這件毛衣吧？讓我看一下。」

奈莉還來不及拒絕，蜜蘿就一把搶過還沒完成的毛衣。奈莉擔心她會扯掉毛線，毀了織好的毛衣，但是蜜蘿似乎不打算這麼做，她很快就把毛衣還給了奈莉。

「嗯，謝古羅說得沒錯，真不愧是手藝社的人，你織得不錯嘛。不過很可惜，沒想到你偏偏選了灰色。」

「咦？」

「你不知道嗎？謝古羅最討厭灰色了。我警告你，你最好不要把這件毛衣交給他，因為我不希望看到他不高興的樣子。」

蜜蘿說完，甩著一頭飄逸的長髮轉身離去。

奈莉獨自留在原地，茫然的看著毛衣。

藍色和銀色的毛線，在深灰色的毛衣上編織出圖案，原本她以為這件毛衣絕對很適合謝古羅，沒想到謝古羅竟然最討厭灰色。距離滿月節只剩下一個星期，現在已經來不及重買毛線再編織一件新衣了。

「怎、怎麼辦？」

奈莉一心只想著毛衣的事，對於故意來擾亂自己的蜜蘿，完全沒有半點怨恨。

「無論如何都要解決顏色的問題，如果能夠解決那就太好了。」

奈莉咬著嘴脣這麼想的時候，突然感受到一股柔和的感覺。

她抬頭一看，忍不住瞪大了眼睛。身旁不知道什麼時候起了濃霧，把四周的景致塗上了一層淡灰色。潮溼的霧氣似乎吸收了所有聲音，完全聽不到任何聲響。

奈莉感覺很不安，起身準備趕快回家，結果發現地上有一排色彩斑斕的腳印。

粉紅色、藍色、紅色、淡紫色……

不同顏色的腳印不知道延續到什麼地方，而且不知道為什麼，奈莉覺得那些腳印似乎在對她說：「跟我來。」

濃霧遲遲沒有散開，於是奈莉決定跟著腳印走。因為在濃霧中，那些腳印是唯一可以清楚看見的東西。

自己真的在公園裡嗎？她覺得自己不是走在草皮上，而是走在石板路上，而且周圍完全沒有樹木和青草的味道。太奇怪了，這絕對有問題。

她這麼想著，但還是情不自禁的跟著腳印走。

地上終於看不見新的腳印了，但是充滿綠意的院子裡，出現了一棟酒桶形狀的彩虹色房子。因為房屋的外形很可愛，而且五彩繽紛的顏色充滿歡樂感，奈莉忍不住盯著那棟房子看。

不知道這棟房子住著怎樣的人？

她豎起耳朵，聽到屋內隱隱約約傳來了說話的聲音。

「真是太感謝了，你不僅送點心過來，還幫忙洗了烤箱。」

「沒事沒事，小事一樁喵。」

「茶……」

「對對對，譚恩也說了，你喝杯茶再走嘛。」

「雖然很想讓你們請我喝茶，但是我得趕快回去喵，因為我要準備做晚餐了喵。」

「這樣啊，管家貓挺忙碌的呢。那下次再找時間慢慢喝茶，希望到時候十年屋老闆也可以一起來。」

「好，一言為定喵。」

「請代我們向十年屋先生問好……」

「好，我會轉告他喵。」

聽完這些對話，門一下子就打開了。

奈莉瞪大眼睛，因為從屋裡走出來的竟然是一隻很大的貓。

那隻貓有著一身蓬鬆漂亮的橘毛，綠色的雙眼色彩鮮豔，穿著帶有刺繡的黑色天鵝絨背心，脖子上繫著領結，而且像人類一樣直立走路。

橘貓發現大驚失色的奈莉，轉頭對身後的人說：「好像有客人上門了。」牠向奈莉點頭打完招呼，然後轉身走進濃霧中。

奈莉目送橘貓遠去，然後聽到有人對她說：

「啊！真的有客人來了，歡迎光臨！」

回頭一看，有個大約八歲的男孩站在那裡，他的裝扮很奇特，穿著雨衣和長雨靴，臉被雨衣的帽子遮住了。他肩上的變色龍心情愉快的說：

「今天真是幸運的日子。有人送餅乾來，還有客人上門，真是太完美了。譚恩，你說對不對？」

「嗯，呃……歡迎光臨。」

奈莉張口結舌的看著男孩和變色龍。

突然出現的濃霧、把自己帶來這棟酒桶房子的腳印、像人一樣走路的貓咪、會說話的變色龍，還有眼前這個散發出不可思議氣質的男孩。啊，這是怎麼回事？奈莉終於察覺到了一件事。

「是、是魔法嗎？」

她說話的聲音太小，男孩和變色龍似乎沒有聽到。變色龍帶著歉意對她說：

「這位客人，真是不好意思。譚恩很沉默寡言，而且個性又害羞靦腆，所以由我這個使役靈代替他說話，請你見諒。」

「使役靈……所以你是魔法師嗎？」

名叫譚恩的男孩，對瞪大眼睛的奈莉默默點了點頭。

變色龍告訴奈莉自己名叫帕雷特，然後滔滔不絕的說：

「打掃剛好告一個段落，這位客人，你先進屋，有什麼需求我們進去再說。你會不會口渴？我倒茶給你。啊，剛好有人送我們好吃的餅乾，我們一起吃吧。」

「謝、謝謝。」

奈莉接受邀請，走進了魔法師的家。家裡整理得很整齊、很舒服，牆上有許多裝了漂亮顏色的小瓶子。

奈莉在椅子上坐下來，覺得這個地方太不可思議了。譚恩為奈莉送上熱茶和抹了無花果果醬的餅乾。熱茶很好喝，餅乾也很好吃，奈莉暗自鬆了一口氣，覺得原本緊張的身心放鬆了下來。

帕雷特跟奈莉說了很多事。

譚恩是變色魔法師，可以做出各式各樣的顏色，他做的生意就是把自己做出來的顏色，交給想要這些顏色的客人。因為奈莉需要顏色，所以通往變色屋的道路才會開啟。

雖然聽起來很神奇，但是奈莉並不懷疑，因為自己的確來到了魔法師的商店，所以帕雷特說的話一定是真的。

「意思就是你們願意把顏色賣給我，對嗎？」

「對啊，雖然說是賣，但是支付的報酬並不是金錢，而是要把你擁有的某樣東西變成顏色交給我們。所以，你想要什麼顏色呢？」

「我不知道……」

奈莉據實以告。

她知道自己為什麼會在這裡，因為她想把毛衣染成其他顏色，但是對於到底要染成什麼顏色完全沒有頭緒。

奈莉鼓起勇氣說了毛衣的事。謝古羅請她織毛衣，她努力織好了，但是現在才知道，原來自己選的毛線顏色，剛好是謝古羅最討厭的灰色。

「我想為這件毛衣換顏色……不過我也不知道該換成什麼顏色，很擔心又選到謝古羅討厭的顏色。」奈莉垂頭喪氣的說。

譚恩輕輕把手放在她的手上說：

「別擔心……」

「咦？」

「每個顏色都很漂亮，你挑選的灰色也很漂亮……」

「我也這麼覺得，但是這不是重點。送灰色毛衣給討厭灰色的人，這樣不是很失禮嗎？」

譚恩難以理解的歪著頭。看到他一臉納悶的樣子，奈莉察覺到一件事——

這個男孩是真心喜歡所有的顏色，所以他無法了解討厭的顏色是什麼意思。

但是帕雷特似乎能理解奈莉的心情，牠用鼓勵的語氣說：

「好了好了，不要這麼激動，你可以先去看一下那些顏色。你看，譚恩製作的各色墨水都放在那邊的架子上，裡頭說不定會有你喜歡的顏色。即使沒有你喜歡的顏色，你也可以了解自己喜歡怎樣的色彩，到時候只要告訴譚恩你想要的顏色就好。這位客人，你先去看看吧。」

「喔，好的。」

奈莉站起來，仔細打量架子上的顏色。

魔法師做出來的每一種顏色都很漂亮，就連平時不屑一顧的暗棕色或不起眼的黑色，都在小瓶子中閃爍著神祕的光芒。看著這些小瓶子，就會覺得每一種顏色真的都很漂亮。

奈莉不知不覺沉迷其中，然後在看到某個小瓶子的時候，心跳頓時加速起來。

那是濃郁的紫紅色，鮮明濃烈又華麗的紅色，和飽滿的紫色巧妙融合在一起，令人聯想到成熟的葡萄。

她立刻被這種顏色吸引，腦海中浮現了謝古羅穿上這種顏色毛衣的模樣。

「啊，這個顏色很適合他。」謝古羅黝黑的肌膚可以襯托出這種顏色，而且他在夏天經常穿紅色襯衫，所以一定也會喜歡這種顏色。

「這個……我想要這個顏色。」

「這是千日酒紅色。」

「名稱好奇特。」

「有位釀酒師，釀了歷經九百九十九天才熟成的紅葡萄酒，並且耐心等待可以開瓶的第一千天。這個顏色是用倒在酒杯中的第一杯葡萄酒做成的，這種充滿熱情的顏色，是不是讓人興奮不已呢？」

「嗯，這真的是很美的顏色……但是我可能沒有得以支付這種顏色的東西，但是我會努力找到配得上這個顏色的物品。拜託你，把這個顏色賣給我好不好？拜託了！」

譚恩露出柔和的微笑，對拚命拜託的奈莉說：

「別擔心……你有我想要的顏色……」

「真、真的嗎？是什麼？我要給你什麼？」

「請給我這個髮帶……」

奈莉驚訝的摸著自己的頭髮，那是她平時用來綁頭髮的棕色髮帶，沒想到魔法師竟然會想要這種東西。

但是只要能夠得到那瓶墨水就行了。奈莉立刻解開髮帶，把它交給譚恩。

譚恩開心的點了點頭，拿下原本戴在頭上的雨帽，露出了閃閃發亮的七彩頭髮。

站在眼前的已經不是普通男孩，而是獨當一面的變色魔法師。

譚恩在屏息以待的奈莉面前，用美妙的音色唱起了歌。

那是一首不可思議的歌，歌裡充滿了魔法的力量。魔法滲進奈莉的心，喚醒了過往的回憶。

閃亮的薰衣草色寬大髮帶，最先浮現在奈莉的腦海。

那是奈莉曾經很喜歡的髮帶，髮帶閃閃發亮，上面有很多銀色小珠子，看起來非常漂亮。

但是當她綁著這條髮帶去阿姨家玩的時候，阿姨露出輕蔑的眼神對她說：

「哎喲，像你這樣的孩子用這麼花俏的髮帶，別人會說是醜人多作怪。趕快去換這條深藍色的髮帶，這個顏色更適合你，而且看起來比較有家教。」

阿姨也許是好心才這麼說，但小孩子聽到自己喜歡的東西被批評，心裡當然很不好受。

那次之後，奈莉不再把漂亮的顏色穿戴在身上，因為她覺得漂亮的顏色不適合自己。

聽到譚恩的歌曲，奈莉當時的心情和想法也被喚醒了，但是這些心情和想法並沒有留在她心上，而是被吸入譚恩的手中。

就這樣，吸收奈莉髮帶和心情的顏色完成了。沉穩的棕色混合了金、銀以及薰衣草色的亮光，小瓶子內的色彩，宛如肥皂泡在飛舞似的，充滿了歡樂感。

「沒想到可以做出這麼漂亮的顏色。」奈莉感動得眼淚都快要流下來了。

譚恩也覺得很滿足。

「我就是想要這種顏色……這位客人，謝謝你……請收下千日酒紅色。」

「謝謝。」

奈莉帶著愉快的心情，接過自己想要的顏色。

當她回過神時，發現自己坐在公園的長椅上。

那天之後，奈莉和以前不一樣了。她在穿衣服的時候，慢慢開始穿自己真正喜歡的顏色。

她開始穿薰衣草色的洋裝、水藍色的開襟衫，還有薄荷色的裙子。這類顏色淡雅漂亮的服裝，很適合奈莉，同學在感到驚訝的同時也紛紛稱讚她。

「奈莉，你變漂亮了！」

「這種顏色很適合你。」

「你穿這些衣服，感覺更像真正的你，我覺得很棒。」

每次聽到同學這麼說，奈莉就會嫣然一笑的回答「謝謝」，並且在內心感謝變色魔法師。

她覺得阿姨無心的話語，變成了牢固而陳舊的魔咒困住了自己。譚恩帶走了魔咒，所以自己才能漸漸恢復成原來的樣子。

奈莉為此感到非常高興。

愉悅的心情也讓編織作業進行得很順利。

在滿月節的前兩天，毛衣終於織好了，而且那天剛好是秋風轉變成冬風的日子。

奈莉仔細打量完成的作品，就連她自己也忍不住愛上這件毛衣。毛線編織得很整齊，圖案看起來也很美麗。

最後，她在毛衣上滴了一滴千日酒紅色，灰色的毛衣立刻變成漂亮的酒紅色。

「不知道謝古羅會不會喜歡。」

奈莉帶著緊張的心情，決定把毛衣拿去送給謝古羅。

謝古羅和划船社的人，在操場上舉著很大的啞鈴鍛鍊。雖然天氣有點冷，但他卻微微流著汗。

跟平時一樣，有很多女生圍在謝古羅身邊開心的放聲尖叫。離謝古羅最近的人，就是啦啦隊隊長蜜蘿。

如果是以前，奈莉看到眼前的景象一定會轉身逃走，但是她現在並不覺得害怕。

自己只是要把謝古羅委託的毛衣交給他，並沒有做任何虧心事，所以別人也沒有理由罵她。

奈莉吸了一口氣，坦然邁開步伐走向謝古羅。

「喂，她是誰？」

「新來的？如果是新來的人也未免太不識相了吧，竟然直接擠到謝古羅身邊。」

奈莉不理會別人的竊竊私語，直接站到謝古羅面前。謝古羅發現她，立刻對她露出了笑容。

「這不是奈莉嗎？好久不見，找我有什麼事嗎？」

「毛衣織好了，我把它送來給你。」

「啊！毛衣？就是我請你幫忙織的毛衣嗎？」

奈莉不發一語的把毛衣交給瞪大眼睛的謝古羅，他的臉就像盛夏的太陽般發亮。

「哇，我好高興！約好要織毛衣給我之後，感覺你好像一直在躲我，所以我有點不抱希望，以為你不會為我織毛衣了。哇，真的太開心了，我竟然有手工編織的毛衣。」

「你、你喜歡嗎？」

「當然喜歡啊！這個顏色很好看，圖案也很帥氣！我今天就要穿這件毛衣。」

謝古羅像個孩子似的樂不可支，奈莉也不由得露出了笑容。

她很慶幸自己為他編織了這件毛衣。

就在這時——

「等一下！」

有如刀子般銳利的聲音傳了過來，蜜蘿擋在他們兩人之間。她怒目圓睜，惡狠狠的瞪著奈莉。

「這不是手工編織的毛衣吧？你之前織的那件毛衣是灰色的，這件應該是買現成的吧？」

「不、不是，我後來重新染了毛線。」

「你說這種藉口也沒用，就算是重新染色，也不可能染出這麼漂亮的酒紅色。原本是深灰色的毛線，無論你用什麼染劑，顏色都會變得很暗沉。你為了吸引謝古羅竟然不惜說謊，真是丟人現眼！」

蜜蘿得意的大聲指責奈莉，奈莉無言以對，差一點就低下了頭。

這時，謝古羅像獅子般放聲大吼：

「喂，你給我閉嘴！」

不光是蜜蘿，就連奈莉也被謝古羅氣勢洶洶的樣子嚇得差一點跳起來。

抬頭一看，才發現謝古羅生氣的瞪著蜜蘿，而且還氣得聳起了肩膀。

蜜蘿發現情況不妙，立刻改變了態度，用柔弱的聲音說：

「謝古羅，我說的是真的，這件毛衣不可能是手工編織的，我很清楚。」

「這件事和你沒有關係。」謝古羅用極其冰冷的聲音說：「不管是灰色還是買現成的都不重要，我只是希望她送我毛衣。」

「為、為什麼？」

「收到自己喜歡的女生送的禮物，感到高興不是很理所當然的事嗎？而且收到禮物還能為她做很多事當作回禮，更可以成為約會的契機。」

聽到謝古羅說的話，四周頓時安靜了下來。

蜜蘿臉色蒼白的皺成一團。奈莉茫然的看著她，覺得浪費了她那張漂亮的臉。

「啊……不會吧，謝古羅對那個女生……」

「天啊！這怎麼可能！」

「討厭啦！謝古羅是大家的謝古羅，這樣才是男神啊！」

周圍響起小聲的議論和慘叫，謝古羅紅著臉轉身面對奈莉說：

「奈莉，事情就是這樣。對不起，原本我是打算在滿月節時邀你跳舞，然後再和你多聊一些事……我現在去換衣服，你可以等我一下嗎？我們待會兒可以一起去咖啡廳聊天，也可以看完電影再去喝咖啡。」

「好……」

「你要在這裡等我，絕對不能離開喔。我先聲明，這是正式的約會邀請。」

謝古羅說完便飛快的跑走了。奈莉目送他遠去的身影，終於回過神來。

約會？邀請？因為是我織的毛衣，所以他才想要？

奈莉感覺臉頰發燙，好像快燒起來一樣。現在自己的臉頰，一定就像剛才送給謝古羅的毛衣一樣紅。

她覺得很害羞，正想要逃走的時候，謝古羅跑了回來。

「讓你久等了，我們走吧。」

奈莉對上氣不接下氣的謝古羅小聲回答：「好。」

她只能這麼說，因為謝古羅穿上了那件酒紅色的毛衣，而且毛衣穿在他身上很好看。

奈莉愣在原地，謝古羅則輕輕握住了她的手。

「你的手好冷，下次要為自己織一副手套。」

「我、我下次會織。如果你不嫌棄，也可以為你織一副手套。」

「真的嗎？我真是太開心了！」

為了避免犯相同的錯誤，奈莉急忙詢問：

「你想要什麼顏色的手套？」

「這個嘛，我覺得灰色不錯。」

「灰色……」

「對，深灰色。我從以前就很喜歡深灰色，而且深灰色和這件毛衣也很配。」

奈莉看著謝古羅的笑容，對他露出了微笑。所有的顏色都很漂亮。

奈莉想起變色魔法師說的話，在內心同意的點頭。她覺得這句話說得對極了。

4 委託去除汙漬

這一天，變色魔法師譚恩很開心。秋天快要結束了，他一大早就出門前往秋天的山野轉了一圈。

最後的落葉色、芒草色、秋風色、橡實色、沉睡的橡樹色、冰冷的水池色。

他做了很多新顏色，內心感到十分滿足。

當他把剛完成的小瓶子放到家裡的架子上時，聽到了「咚咚咚」

輕輕敲門的聲響。

「是客人嗎？譚恩，你趕快去看看。」

譚恩在變色龍帕雷特的催促下急忙走向門口，然後在開門之前用力吸了一口氣。

每次去應門譚恩都很緊張。上門的是怎樣的客人呢？自己能提供對方想要的顏色嗎？

不過那天站在門外的不是普通客人，她和譚恩一樣，也是一位魔法師。

「嗨，你好，你就是變色魔法師嗎？我是比比，也是住在這條街上的鄰居囉，很高興認識你囉。」

比譚恩年紀稍長的黑髮少女，聲音有點沙啞，嘴裡講著奇怪的措詞向他打招呼。

少女的手腳又細又長，苗條的身材簡直就像是芭蕾舞者。她的臉也很小，有一對細長的鳳眼，看起來很像是狐狸在笑，還有她臉上的雀斑，給人一種調皮的感覺。

她的打扮也很奇特。她穿著一件有很多花邊的黑白橫條紋洋裝，腳上是黃色和藍色條紋的絲襪，脖子上掛著大顆的串珠項鍊，頭上的髮箍還有一對狐狸耳朵。

真是太不可思議了，無論是她身上的衣服還是物品，全都能感受到宛如旋風般的反覆無常。

譚恩忍不住緊張起來，因為他之前聽過比比這個名字。

帕雷特也想起來了，牠代替譚恩開口詢問：

「你該不會是天氣魔法師吧？」

「對囉，你們竟然知道我，真是太榮幸囉。你是哪位呢？」

「我叫帕雷特，是變色魔法師譚恩的使役靈。」

「嘿，請多指教囉。」

比比露出潔白的牙齒笑了起來。

譚恩和帕雷特請比比進屋，招待她喝加了許多牛奶和砂糖的咖啡歐蕾。帕雷特在輕鬆的氣氛下開口詢問：

「你來我們變色屋有什麼事嗎？」

「嗯，我遇到了一點小麻煩囉。請教十年屋先生之後，他說這種事應該要來變色屋囉。」

比比說著，從帶來的大皮包中拿出一件大衣。那是一件柔軟的羊毛大衣，領子和袖口上有白色毛皮。大衣是漂亮的覆盆子色，但是上面有很多黑色汙漬，所以整件大衣看起來有很多斑點。

「哎喲，真是太慘了。」

「嗯，我不小心在家裡釋放了冷風囉。雖然冷風都很調皮，但這股冷風特別搗蛋，把我正在喝的熱巧克力弄翻，結果這件大衣就毀囉，所以我今天才會來這裡囉。」

比比央求譚恩為她把大衣染成漂亮的顏色。

「拜託你幫幫我！這是我心愛的大衣囉，穿在身上超舒服，我不想把它丟掉囉。」

譚恩和帕雷特互看一眼，噗哧一聲笑了起來。

比比露出驚訝的表情。

「嗯？我說了什麼好笑的話嗎？」

「啊，不是不是，不是你想的那樣。真是抱歉，剛好不久之前有一位和你有相同煩惱的客人來店裡，我們想到這件事覺得很好笑，沒想到竟然有這種事。」

「哦，和我有相同的煩惱？」

「那個客人也是希望用新的顏色消除衣服上的汙漬。啊，對了，也許你會喜歡那個客人給我們的顏色。譚恩，你把墨水拿來給比比看一下。」

「嗯……」

譚恩立刻從架子上拿來一個小瓶子。

小瓶子內裝了很鮮豔的綠色，雖然比綠寶石的顏色稍微淺一點，但是它的透明度，還有像肥皂泡般閃亮的感覺，讓比比露出了興奮的眼神。

「太漂亮了！這是什麼顏色囉？」

「哈蜜瓜汽水色。」

「哈蜜瓜汽水！那是我的最愛囉。我決定了，就要這種顏色。光是想像哈蜜瓜汽水色的大衣，我就忍不住興奮起來了。對了，交出這種顏色的客人怎麼會來到這裡？他買了什麼顏色囉？我想聽這個故事。」

「讓我來告訴你吧，那是上個星期發生的事。」

帕雷特開始說了起來。

❖

「所有飲料中，你最喜歡什麼飲料？」如果有人這麼問，七歲的少年榮恩會毫不猶豫的回答：「哈蜜瓜汽水！」

這個世界上，沒有比哈蜜瓜汽水更美、更好喝的飲料了。漂亮的萊姆綠令人心曠神怡，從杯底冒上來的銀色氣泡也充滿神祕感，再加上一球冰淇淋跟一顆櫻桃，簡直就是人間美味。

如果每天都可以喝到哈蜜瓜汽水不知道該有多好，可惜只有去餐廳或是參加派對的時候才能喝到，所以對榮恩來說，哈蜜瓜汽水是很特別的飲料。

但是他喜歡住在隔壁和他同年的娜娜，更勝於哈蜜瓜汽水。沒錯，娜娜才是榮恩在這個世界上最喜歡的對象。娜娜是女生卻像男生一樣活力十足、風趣幽默，他們很合得來，整天都在一起玩。無論是捉昆蟲還是玩泥巴打仗，娜娜都會雙眼發亮的說：「我也要玩！」

如果是整天只想玩娃娃的女生，榮恩根本不會想和她們一起，但是娜娜不一樣，榮恩希望能和她永遠都當好朋友。

榮恩每天都和娜娜一起玩，而且每次都覺得「娜娜太棒了」。

有一天，附近舉辦了一場花園派對，得知派對上會準備哈蜜瓜汽水，榮恩期待得不得了。

「娜娜說喜歡草莓冰淇淋，根本是個大外行，當然是哈蜜瓜汽水最讚啊。」

總之，他們要一起參加派對，所以榮恩去娜娜家裡接她。

他敲門之後，娜娜立刻走了出來。榮恩一看到她，頓時瞪大了眼睛。

娜娜今天特別盛裝打扮，平時像鳥窩般亂翹的頭髮梳得很整齊，還戴著粉紅色和黃色的花朵髮飾，身上穿了一件飄逸的李子色禮服，腳上穿著一雙閃亮的漆皮皮鞋。

「嘿嘿嘿，我打扮了一下，是媽媽幫我穿的。」

娜娜害羞的笑了起來，看起來完全就是一個可愛的女生。

榮恩起初看她看得出神，但隨即感到害怕起來。

他擔心娜娜會和以前不同，變得像其他女生一樣。雖然這樣打扮很可愛，但如果她變成了這樣的女生，他們可能就無法再像以前一樣整天一起玩了。

「不行，我不能讓這種事發生。」

榮恩這麼想著，故意挑剔的說：

「好奇怪，你完全不適合穿這種衣服。」

「咦？」

娜娜的笑容頓時蒙上一層陰影，但是榮恩並沒有停止挑剔，一心只想著「要說出來才行，無論如何都要說不好看，一定要讓娜娜變回原來的樣子。」

雖然內心深處有一個聲音叫他「不要再說了！」但他無視這個聲音，繼續說了下去。

「唉，我真是太失望了，原來你也只是個普通的女生。不好意思，我沒辦法和女生一起玩，你穿這種飄逸的衣服，根本沒辦法玩男生的遊戲。」

娜娜露出快哭出來的表情。榮恩見狀更加心浮氣躁，因為平時的娜娜不是開口反駁他，就是會撲過去打他。

「搞什麼嘛！我不想看到這麼沒出息的表情。」榮恩這麼想著，然後開口說：「我先走了，和普通女生一起去參加派對太丟臉了。」

說完，榮恩就轉身跑走了。娜娜沒有追上去，因為穿著那件禮服可能沒辦法奔跑。

真希望娜娜趕快變回原來的樣子追上自己。

榮恩一路上這麼想著，獨自來到了派對會場。

派對已經開始了。會場內響起熱鬧的音樂，盛裝打扮的大人愉快的跳舞，孩子們則圍在放蛋糕和美食的大桌子旁。

榮恩拿到渴望已久的哈蜜瓜汽水，坐在樹蔭下慢慢喝了起來，但他覺得飲料的味道並不是很好。盼望已久的哈蜜瓜汽水，喝起來好像有點澀澀的味道。

榮恩滿腦子都在想哭喪著臉的娜娜。

自己說得太過分了，他不應該說那些話的。如果娜娜來參加派對，自己要向她道歉。沒錯，就這麼辦。還要告訴她，其實那件禮服很好看。

這麼決定之後，榮恩等待著娜娜的出現，但是他等了很久，一直沒有見到娜娜的身影。

這時，榮恩看到娜娜的媽媽，急忙上前詢問：

「阿姨，你好。娜娜呢？請問她在哪裡？」

「哎呀，是榮恩啊。你好，真是對不起，娜娜受了處罰要留在家裡。」

「受、受處罰？」

「對啊，好不容易為她穿了禮服，她竟然弄得衣服上都是泥巴。

真是受不了，我完全搞不懂她在想什麼。穿上禮服時她明明高興得不得了，為什麼要做那種事呢？」

娜娜的媽媽歪著頭感到納悶。

但是榮恩很清楚，這一切都要怪自己。因為他說了那些過分的話，娜娜才會把禮服弄髒。她一定是想藉此告訴榮恩，即使穿著禮服，也可以和榮恩一起玩得滿身是泥。

榮恩的內心隱隱作痛，痛苦得幾乎無法呼吸。

他拿著哈蜜瓜汽水，急忙前往娜娜的家。他要向娜娜道歉，而且要邀她一起來參加派對。

但是一看到娜娜家的庭院，榮恩便停下了腳步，因為他看到晒衣竿上晾了一件李子色的小禮服。

娜娜的媽媽應該已經努力把衣服洗乾淨了，但是禮服上仍然清楚留下了泥巴的痕跡。榮恩一看就知道，那件禮服應該是再也不能穿了。

娜娜無法再穿漂亮的禮服了。自己竟然做了這麼殘忍的事，真希望能洗掉那些泥巴汙漬，把乾淨的禮服送到娜娜手上。

在他發自內心這麼想的時候，娜娜家的門縫冒出了一陣白煙。說不定發生火災了！娜娜還在屋裡！

「娜、娜娜！」

榮恩急忙衝進娜娜的家，幸好他們家的大門沒有上鎖。

房子內瀰漫著白色煙霧，完全看不到走廊和通往二樓的樓梯，但是他沒有聞到煙味，也不會覺得呼吸困難。

白煙簡直就像是濃霧。正當榮恩這麼想的時候，他看到了腳印。白煙中只有腳印看得一清二楚，而且第一個腳印是粉紅色，第二個腳印是藍色，第三個是紅色，所有腳印的顏色都不一樣。

「哦，這一定是娜娜在惡作劇。她留下了腳印，要我跟著腳印走。」

榮恩這麼想著，跟著腳印往前進。

但是走到腳印的盡頭，榮恩並沒有看到娜娜，而是看到一位年紀比他稍長的男生和變色龍在那裡等他。

榮恩受邀走進一棟像是酒桶的小房子，房子的主人請他吃加了堅果的餅乾和牛奶，然後告訴他這裡是變色魔法師的家。

「魔、魔法師找我有什麼事？」

變色龍帕雷特，滔滔不絕的對有點害怕的榮恩說：

「我們才想問你，你找魔法師有什麼事呢。你為什麼會需要顏色的魔法？」

「我、我嗎？」

「對啊，因為你需要顏色的魔法，通往這家店的路才會開啟。你是不是遇到了什麼顏色方面的難題？」

聽到這句話，榮恩終於想通了。他小聲說出自己和娜娜的對話，以及禮服弄髒的事。

帕雷特聽了，摸著腦袋說：

「哎呀，說這種話真是太不應該了。」

「嗯……真的很不應該。」

就連看起來很文靜的譚恩，也點頭附和帕雷特的說法。榮恩淚眼汪汪的說：

「我、我知道自己說錯話了。嗚、嗚嗚……我、我想向娜娜道歉，也想把那件禮服救回來……變、變色魔法師應該可以把禮服上的汙漬變不見吧？」

「雖然沒辦法去除汙漬，但可以連同汙漬把整件禮服染成其他顏色，這樣的話，那個女孩應該也會很高興吧？」

「可、可以嗎？」

「可以，只要用譚恩做的墨水就可以。你看那裡的架子，上面或許會有適合那個女孩的顏色，如果沒有，也可以為你做新的顏色，你先去看架上的顏色吧。」

榮恩在帕雷特的催促下，打量裝在牆上的長架子。架子上放了好幾十個、好幾百個小瓶子，每個小瓶子裡都裝著不同的顏色，每一種顏色都漂亮得讓人心動不已。

娜娜看到哪一種顏色會最高興呢？

榮恩瞪大眼睛開始尋找，然後終於找到了。

那是明亮耀眼得有如太陽的黃色，看到這種顏色就覺得渾身充滿力量，心情也變得很愉快。

「啊，這個顏色就像娜娜一樣，這是娜娜的顏色。」榮恩這麼想著，對魔法師說：「這個，我要這個！」

「哦，原來是夏季最初的向日葵色，你選了一個很棒的顏色。」

「原來這個顏色叫『夏季最初的向日葵色』啊。」

這的確是向日葵的顏色。在盛夏精神飽滿用力綻放的向日葵，感覺就像是娜娜一樣。

「娜娜一定會喜歡，這個顏色太適合她了。」榮恩越想越高興。

帕雷特開心的嘀咕。

「原來是適合這種顏色的女孩啊。真不錯，我似乎也能想像她是怎樣的女孩，她一定很活潑可愛，是個很棒的孩子。」

「對啊，你說得沒錯，娜娜就是這樣的女孩。」

「嘿嘿嘿，那你趕快把禮物拿去送她。差點忘了，你要先支付酬勞才能離開。我們收的酬勞不是金錢，而是你給我們一樣東西，讓譚恩用它製作新的顏色。」

榮恩很傷腦筋，因為今天是去參加派對，所以他的口袋裡什麼東西都沒有。平常他口袋裡總是放著玩具、糖果或是樹果，要是有那些東西，就可以給他們當作酬勞了。

榮恩不知道該怎麼辦，突然發現自己手裡一直拿著杯子，杯裡還有超過半杯的哈蜜瓜汽水。

「這是我最愛的哈蜜瓜汽水，可以用這個支付嗎？」

只要能讓娜娜開心，即使不喝哈蜜瓜汽水也沒關係。榮恩帶著這樣的心情遞出哈蜜瓜汽水，魔法師高興的收了下來。

「很棒的顏色……絕對可以成為漂亮的顏色……」

「那真是太好了，譚恩。這位客人，請你收下夏季最初的向日葵色。」

「謝謝！」

榮恩緊緊握著裝了鮮豔黃色的小瓶子，急忙衝出魔法師的家，然後發現自己正站在娜娜家的玄關。

榮恩走到門外，跑向晾禮服的地方。雖然禮服幾乎乾了，看起來卻依然慘不忍睹，原本漂亮的李子色變得很暗沉。

「對不起，娜娜，對不起。」

榮恩在內心向娜娜道歉，然後從晾衣竿上把禮服拿下來，在禮服上滴了一滴小瓶子裡的墨水。

「滴答。」

滴落在禮服上的黃色墨水，像漣漪一般散開，轉眼間，原本弄髒的禮服就變成了向日葵花色。明亮的黃色，簡直就像是小小的太陽降落在禮服上。

「娜娜！喂，娜娜！」

二樓的窗戶隨著榮恩大叫的聲音打開了，娜娜從房裡探出頭來。她剛才可能哭得很傷心，眼睛和臉頰都紅通通的。娜娜看到榮恩手上的禮服，不由得瞪大了眼睛。

「榮、榮恩……那件禮服是怎麼回事？」

「這是你的禮服，我把它變漂亮了，汙漬也不見了。你趕快下來，穿上這件禮服和我一起去參加派對吧。」

「你不是不想和穿禮服的我在一起嗎？」

「那是……我騙你的。剛才真的很對不起，因、因為你看起來和平常完全不一樣，所以我很害怕我們不能繼續當朋友了。」

「害怕？為什麼？」

「我怕你會說不想和我一起玩，還是玩女生的遊戲比較有趣。」

榮恩紅著臉，不停的向娜娜道歉。

「對不起，不管要我道歉多少次都可以。希望你能下來再次穿上這件禮服，我相信你穿起來一定很好看，因為這是你的顏色，是魔法師送我的顏色。」

「魔、魔法師？」

「對啊。哎喲，我有很多話想跟你說，拜託你趕快下來！」

「……」

娜娜想了一下，然後不發一語的從窗戶前消失了。

失敗了嗎？娜娜還是無法原諒自己嗎？

榮恩垂頭喪氣的想著。

這時，娜娜從家裡走了出來，臉上的表情看起來還有點生氣，但是眼神中有著無法掩飾的喜悅。她似乎很喜歡夏季最初的向日葵色禮服，而且也想聽榮恩遇到魔法師的事。

「你是在哪裡遇見魔法師的？魔法師是怎樣的人？」

「我是剛才遇到的。魔法師住在酒桶形狀的屋子裡，他是個小孩子，有一隻綠色變色龍坐在他的肩膀上，而且那隻變色龍還會說話，家裡放了各式各樣的顏色。」

榮恩把所有事情都告訴娜娜。

說完之後，他戰戰兢兢的問：

「呃……你願意原諒我嗎？」

「好啊。」

「真、真的嗎？」

「嗯，我已經不生氣了。」

娜娜終於露出了笑容。

「你用你最喜歡的哈蜜瓜汽水，換到了這個黃色，我怎麼可能繼續生你的氣呢？而且比起之前的李子色，我更喜歡這種黃色……我們現在就去參加派對吧？」

「嗯！好，我們走吧！」

「那我去換衣服。今天天氣不錯，禮服已經乾了。」

穿上夏季最初向日葵色禮服的娜娜，看起來就像是太陽的孩子般可愛耀眼。

「怎麼樣？」

「超可愛的。」

「你不是討厭我看起來可愛嗎？」

「沒、沒有啊，我喜歡你可愛。我們走吧，蛋糕快被別人吃完了。」

娜娜露出高興的表情，榮恩牽起她的手，一起走向派對會場。

榮恩的臉一直很紅，心臟也跳得飛快。

雖然不知道為什麼會這樣，但他很清楚一件事，那就是自己以後也想一直和娜娜在一起。

就這樣，榮恩悄悄握緊了娜娜的手。

天氣魔法師比比聽完帕雷特說的故事，立刻熱烈鼓掌。

「嗯，很動人囉！這是很美的故事囉！」

「嘿嘿嘿，聽了那個男孩的故事，我們忍不住有點擔心，不知道他們有沒有和好？於是我們就悄悄跟在他後面，偷偷觀察他們兩個。穿上夏季最初向日葵色禮服的女孩真的超可愛，難怪那個調皮的男孩會緊張。」

「呵呵呵，酸酸甜甜的滋味，我很喜歡這種故事囉。啊啊，原來這個顏色背後還有這麼感人的故事，嗯，我更想要這個顏色了。好，就決定是這個哈蜜瓜汽水色囉。」

說完之後，比比露出嚴肅的表情說：

「你們應該知道魔法師之間的交易，基本上都是交換魔法囉？」

「嗯，十年屋的老闆有告訴過我們。」

「這樣啊，那事情就簡單了。我的魔法是天氣魔法，所以會用一天的天氣作為報酬。你想要什麼天氣？陽光普照的晴天？陰天？還是起霧的天氣？也有暴風雨或下大雪的天氣囉。」

聽了比比的話，譚恩想了一下之後小聲回答：

「有沒有淅淅瀝瀝的雨天？」

「有啊，你確定要這種天氣囉？」

「嗯，因為我喜歡下雨……」

「那我們很合得來囉，我也很喜歡下雨囉。」

比比說完，摸著脖子上的項鍊，用手指抓住其中一顆珠子。

項鍊沒有斷掉，只有那顆珠子被拿了下來。

「這個給你們。」

譚恩和帕雷特目不轉睛的看著比比給他們的珠子，那顆珠子跟糖果差不多大，顏色有點灰又帶點淡青色，和像是藍色的顏色混合在一起。

「這是淅淅瀝瀝的雨天嗎？」

「是囉，如果你不相信，可以看看裡面囉。」

聽到比比這麼說，譚恩把珠子拿到眼前一看，立刻大吃一驚的愣在原地。

「譚恩，怎麼了？」

「帕雷特……在下雨……」

「啊？」

「可以看到……珠子裡面在下雨……」

「讓、讓我也看一下！真的耶，好厲害！」

看到變色魔法師他們大吃一驚的樣子，比比呵呵笑了起來。

「只要在想要的日子，把這顆珠子丟向天空就好囉，那一天就會成為你喜歡的淅淅瀝瀝雨天。好，那我就收下哈蜜瓜汽水色囉。」

「請收下……」

「謝謝囉！對了，我可以馬上在這裡動手染囉？」

「可以啊。譚恩，沒問題吧？」

「嗯……」

比比高興的把一滴哈蜜瓜汽水色滴在弄髒的大衣上，只聽到咻咻咻的聲音傳來，美麗的綠色像氣泡般彈跳，在大衣上擴散開來。

「哇，太棒了！冬天很冷，所以我想穿明亮、心情愉快的顏色！

這個顏色太棒了，太美囉！」

天氣魔法師比比，立刻穿起令人眼睛為之一亮的哈蜜瓜汽水色大衣，笑容滿面的離開了變色屋。

隔天早晨，譚恩把比比給他的珠子丟向天空，原本晴朗的天空立刻布滿烏雲，滴滴答答的下起雨來。

但是穿著雨衣的譚恩絲毫不在意，他在雨中蹦跳，接連做出了很多新的顏色。

小雨色、窗戶玻璃上的水珠色、雨雲色、水窪色、淋溼的草色、雨後的彩虹色。

不知道怎樣的客人會喜歡這些顏色？

譚恩想著這個問題，持續唱著魔法之歌。

5 貓頭鷹和少年

深夜，有個嬰兒出現在淘兒孤兒院，那時天空正下著淅淅瀝瀝的雨。

「這個裝著嬰兒的籃子，不知道是什麼時候放在門口的！」

警衛這麼說著，遞來一個大籃子。院長伊格揉了揉眼睛，把籃子接了過來。

經常有人把棄嬰送到孤兒院，所以伊格一點也不驚訝，他只希望不要在這種擾人清夢的時間把孩子送來。

伊格這麼想著，探頭看向籃子。

籃子裡有個差不多十個月大的嬰兒，臉蛋長得很可愛，淡淡的金色鬈髮也很討人喜歡。孩子的身體胖嘟嘟的，看起來很健康，身上的衣服也很乾淨，完全不像是棄嬰。

「這該不會是從哪裡偷來的孩子吧？」

伊格這麼想著，檢查了籃子，發現裡頭有一本繪本和一封信，信上寫了以下內容：

因為某些原因無法養育這個孩子長大。他名叫譚恩，請照顧他，直到他甦醒為止。

「這封信太奇怪了，直到他甦醒為止是什麼意思？」

而且最令人驚訝的是，信封裡裝了一大筆錢。

伊格急忙把錢放進自己的口袋，然後露出得意的笑容。

雖然不知道這個孩子的父母是誰，但他們似乎是有錢人，也許未來的某一天會來孤兒院說：「我來接我的兒子譚恩。」為了這一天的到來，得好好照顧這個孩子才行。到時候，這個孩子就會對來接他的有錢爸媽說：「院長老師一直很照顧我。」

伊格瞬間心情大好，然後開始翻起了繪本，因為他很期待繪本裡也夾了鈔票。

那是一本手工製作的繪本，上頭既沒有書名也沒有作者的名字。繪本中畫了很多動物，但是都沒有著色。

伊格因為繪本裡沒有夾任何東西感到有點失望，但他隨即打起精神，把嬰兒抱了起來。

「譚恩，歡迎來到淘兒孤兒院，從今天開始，這裡就是你的家。」

伊格說著，前去叫醒負責照顧嬰兒的琪雅。

❊

八年後的春天，有一位名叫桃綺的女人來到淘兒孤兒院。

桃綺站在門口用力吸了一口氣。

四十五歲的她，從今天開始要投入新的工作。她將成為住在這個孤兒院的老師，負責照顧孤兒院的孩子。

但是桃綺一踏進淘兒孤兒院，就覺得「唉，這個地方不行」。

這間孤兒院很破舊卻完全沒有修理，孩子的表情不是很陰沉就是一臉不滿，老師個個意興闌珊，做起事來懶洋洋的，就連空氣也是死氣沉沉。

桃綺從帶她參觀孤兒院的慕莎老師口中，漸漸了解了這個地方的現狀。

原因似乎就出在院長身上。他把經營孤兒院的經費全都占為己有，即使天花板漏雨、地板壞了也不修理，給孩子吃的食物不是殘羹剩飯就是快餿掉的食物。

「太過分了，沒有人提醒他嗎？」

「要怎麼提醒他？桃綺老師，你才剛來這裡所以不了解情況。在這家淘兒孤兒院裡，伊格院長就是國王，絕對不能反抗他。你好不容易找到工作，應該不會想要失業吧？」

「但是……那些孩子不是很可憐嗎？」

「不必擔心孩子們，因為很多孩子來自更貧窮的地方，和他們原生的地方相比，這裡簡直就是天堂。」

桃綺很想出言反駁，但最後還是忍住了。

「現在還不是時候，要是鬧出風波就功虧一簣了。目前的首要任務，是要充分了解這裡的情況。」桃綺心想。

在經過小小的中庭時，桃綺發現一個男孩獨自站在那裡。天空下著小雨，男孩卻一動也不動的站在中庭。他穿著水藍色的雨衣和長雨靴，但是長時間站在雨中會感冒，於是桃綺想要叫他「趕快進來」。

沒想到慕莎老師制止了她。

「啊，你還是不要管那個孩子，應該說，你最好不要和他扯上關係。」

「為什麼？」

慕莎老師突然壓低聲音說：

「那個孩子叫譚恩，不知道為什麼，院長特別關照他。你看，他穿著雨衣和長雨靴，整間孤兒院裡，院長只為他一個人買，所以其他孩子都很眼紅，經常欺負他。」

「好過分，這不是院長的問題嗎？」

「有一半是，但是另一半是那個孩子自己的問題，他有點奇怪。」

「奇怪？」

「他經常像這樣一個人不知道在看什麼，而且完全不說話，感覺有點可怕。然後責罵那個孩子的老師都會被院長開除，最好的方法就是不要和他扯上關係，不必理會他。」

但是桃綺無法不理會那個孩子，那一天，她一直想著那個少年孤單的身影。

「得設法解決才行。不光是那個名叫譚恩的孩子，還要解決這家孤兒院的問題。」

桃綺在淘兒孤兒院的第一天結束時，默默在內心發誓。

※

桃綺來到淘兒孤兒院已經一個星期。

她個性開朗，有種為母則強、值得依靠的感覺，所以小孩子都很喜歡她。她記得每個孩子的名字和長相，盡可能和每個孩子聊天，傾聽他們的心聲。看到孤單寂寞的孩子，她會抱他們、親他們；遇到不滿的孩子，她就傾聽他們的煩惱；如果有孩子做壞事，她會詢問：「你為什麼要這麼做？」

桃綺把每個孩子視為「完整的個體」，這點讓那些一直受大人壓抑的孩子很高興。短短一個星期，就連原本經常搗亂的調皮大王，在桃綺面前也會露出撒嬌的表情。

不光是孤兒院的孩子出現了變化，精神抖擻、活力充沛的桃綺，也讓那些整天懶洋洋的老師們稍微變開朗了。

院長把別人的捐款都占為己有，所以孤兒院裡幾乎沒有玩具和書。桃綺覺得即使沒有這些東西，也可以玩很多開心的遊戲，於是她自己動手做了秋千，還用撿來的木板做了翹翹板。

就這樣，原本氣氛陰沉的孤兒院，漸漸充滿了孩子的笑聲，光是這樣的改變，就讓孤兒院內的氣氛煥然一新了。

只有譚恩完全沒有改變。

桃綺對他說話，他始終低頭不語。其他小朋友在興奮玩耍的時候，他不是穿著雨衣站在中庭，就是在房間角落目不轉睛的看著那本白色繪本。

那本繪本和棄嬰譚恩一起放在籃子裡，譚恩好像把那本書視為護身符，非常珍惜它，即使是睡覺的時候也牢牢拿在手上。

桃綺很在意譚恩。

她覺得只要和譚恩好好聊一聊，他一定會對自己敞開心房，但是現在自己是所有院童的「老師」，不可以只關心他一個人。

桃綺很心急，但是遲遲沒有機會和譚恩接觸。

有一天晚上，在夜深人靜的時刻，當所有人都入睡後，桃綺悄悄溜出自己的房間走去廚房。因為已經是深夜，廚房內當然沒有任何人。

她把油燈放在漆黑的廚房內，探頭看向放在廚房深處的大鍋子。鍋子裡裝滿了湯，那是今天晚餐剩下的豆子湯，豆子湯黏稠油膩還有一股酸味，簡直讓人難以下嚥。

孩子們幾乎都沒有喝，所以剩了很多。但是按照孤兒院的規定，今天吃不完的食物，明天還要繼續吃，因為院長下令：「珍惜食物是理所當然的道理。在孩子們吃完料理之前，絕對不可以提供新的料理。」

院長這麼要求孤兒院的孩子們，自己卻整天吃濃郁的奶油燉菜和厚切牛排。

桃綺感到很不悅，但還是挽起袖子，決定處理掉這鍋湯。

就在這時——

「你在做什麼？」

有個微小清澈的聲音，讓桃綺嚇得差點叫了出來。

她急忙轉頭一看，發現有個穿著淺色衣服的矮小人影，出現在黑暗的走廊上。

原來是譚恩。他在睡衣外頭穿著雨衣，手上拿著白色繪本。

「譚恩……你怎麼在這裡？」

「我睡不著……想去中庭，結果看到老師……」

「原來是這樣。」

時間已經很晚了，照理說自己應該對譚恩說「趕快上床睡覺」

才對，但是桃綺陷入了猶豫。

現在只有她和譚恩，兩個人可以好好聊天。最重要的是，這是譚恩第一次主動和自己說話，桃綺不想浪費這個機會。

「譚恩，老師現在要做一件祕密的事，你願意幫忙嗎？」

聽到桃綺的詢問，譚恩戰戰兢兢的走了過來。

「什麼祕密的事？」

「就是這個。」

「湯？」

「對。這鍋湯實在太難喝了，難怪大家都不想喝。因為明天還要喝這鍋湯，我想試試各種方法，把湯重新做得好喝一點。你來得正好，既然你睡不著，可不可以來幫我的忙呢？別擔心，即使被別人看到，也只會罵我而已。」

「嗯……」

「你真乖。那我先點火加熱鍋子裡的湯，你可以幫我在架子上找裝香草的瓶子嗎？我需要奧勒岡、迷迭香，還要月桂葉。」

「嗯……」

就這樣，桃綺和譚恩在深夜的廚房開始做祕密料理。

桃綺很喜歡下廚，她最擅長用剩下的菜餚做成奶油大雜燴。她把牛奶加進湯裡，又加了香草去除酸腐味，還加了少許的砂糖提味。

譚恩在一旁不時攪動鍋子，或是搬運木柴來燒火，幫了桃綺很多忙。

重新做好的湯變得很好喝，就連向來面無表情的譚恩，也忍不住雙眼發亮。

「好喝……」

「太好了，那我們來喝一杯當宵夜。」

「可以嗎？」

「當然可以，這是感謝你幫忙的禮物。而且其他孩子搶了你的麵包和餅乾，你幾乎什麼都沒吃吧？所以你宵夜要吃飽一點。」

桃綺為一臉驚訝的譚恩，在大馬克杯中裝了滿滿一杯湯，然後兩個人一起走到中庭，慢慢的喝著熱湯。

吃到好吃的東西時，人的心情也會自然放鬆。譚恩也在喝了湯之後，漸漸露出像是八歲小孩的表情。

桃綺見狀，裝作不經意的詢問：

「我可以問你一件事嗎？你下雨的時候總是站在中庭裡，我知道你喜歡雨天，但是你在雨中做什麼呢？在數雨滴嗎？」

「不是……」

「那你在做什麼呢？可以告訴老師嗎？」

「你一定不會相信……因為以前的老師也不相信……」

「但是我可能會相信啊。譚恩，請你告訴我你在看什麼好嗎？你在想什麼呢？」

「……」

「我和你約定，無論你說什麼我絕對不會生氣也不會嘲笑你。我只是想了解你，所以請你告訴我，好不好？」

譚恩一動也不動的坐在原地片刻，然後略帶遲疑的指著腳下的小草說：

「老師，你覺得這是什麼顏色？」

「你說小草嗎？是綠色。」

「嗯……但是在我眼中是不一樣的顏色……我覺得是更漂亮、有其他名字的顏色……不，不是覺得，而是我知道！」

譚恩突然露出充滿熱忱的表情，他探出身體，用非常強烈的語氣說：

「不光是小草，天空、雲朵、小鳥、昆蟲都有各種不同名字的顏色，而且人也有顏色喔，有時候我會在人身上看到漂亮的顏色。我很想抓住這些顏色，但是不知道該怎麼做。因為不知道方法，所以我整天都在想這件事，結果就忽略了其他人的聲音。」

「原來是這樣……」

桃綺好不容易才擠出這句話。

其實她並不是很了解譚恩說的話，但是她知道譚恩可以看到和別人不一樣的東西。因為他整天都在想那件事，所以看起來像在發呆，也無法注意聽別人說的話。

「那你為什麼要在下雨的時候去中庭呢？」

「因為雨特別漂亮……雖然有各種不同的顏色，但是我還不知道這些顏色的名字……因為我很想知道，所以總是在這裡看雨，我覺得還差一點就能知道了……」

「那我再問你一件事，你為什麼整天都在看這本繪本呢？」

「因為這本繪本會發出聲音……」

「什麼樣的聲音？」

「叫我為它著色的聲音……它一直叫我為它著上漂亮的顏色……」

譚恩露出快哭出來的表情。

「即使我這麼跟大家說，大家也無法理解……然後覺得我很奇怪……覺得我腦筋有問題。桃綺老師，你也這麼覺得嗎？」

桃綺忍不住用力抱住譚恩，她覺得如果不這麼做，譚恩就會從這個世界上消失。

她發自內心深愛著這個孩子。

桃綺很了解沒有人相信自己是多麼痛苦的事，也知道只要身邊有一個人相信自己，就可以帶來很大的勇氣。

她緊緊抱著譚恩，發自內心的說：

「譚恩，我相信你。雖然不知道你看到了什麼，但是我相信你看到了和我們不一樣的東西。沒錯，我相信你。」

「桃綺老師……」

這是譚恩有生以來第一次遇到有老師說：「我相信你。」他的淚水在眼眶中打轉，努力想對桃綺露出笑容，但是身體卻僵住了。

「老師……在發光……」

「咦？我嗎？」

「嗯，好漂亮……」

譚恩伸出手，似乎想要抓住桃綺無法看見的光。就在這時，他再次倒吸了一口氣。

「怎麼了？譚恩，你怎麼了？」

「老師……我可以聽到歌聲……」

「歌聲？」

「嗯，這是……我的歌。」

說到這裡，譚恩突然唱起了歌。

春天原野花滿開，歡天喜地隨手摘，

黃色油菜花，紫色紫羅蘭。

夏天樹林開滿花，歡天喜地去尋找，

藍色鳶尾花，深紅色草莓。

秋天山林果實多，歡天喜地來撿拾，

紅色的落葉，金色的橡實。
冬天森林樹木多，歡天喜地去尋寶，
銀色槲寄生，綠色的木樨。
蒐集滿滿的寶物，一起拿來送給你，
滿懷鮮豔的色彩，讓你心滿又意足。

譚恩一頭淡金色的頭髮，隨著歌聲像火焰般在空中飄舞，而且髮色也漸漸改變，變成一撮撮的七彩色澤，並且散發出閃閃光亮。

桃綺目瞪口呆的看著眼前的變化，驚訝得說不出話來。

「啊啊，譚恩變身了。但是為什麼會這樣呢？總覺得這頭七彩髮色更適合譚恩。」桃綺這麼想著，不一會兒，她發現光芒聚集在譚恩的手上，最後變成了一個小瓶子。

瓶子裡裝著神祕的綠寶石色，看起來高貴又高尚，沉穩的色調既深邃又廣闊，就像是保護野獸和鳥類的森林一樣。

「譚、譚恩……」

「老師，這是你的顏色……這是保護孩子靈魂的顏色。啊……我終於知道名字了……老師，我終於找到一個顏色了……」

正當譚恩開心的露出笑容時，剛才掉在他腳下的繪本開始自動翻頁，然後在翻到某一頁時停了下來。

「啊！」譚恩小聲的叫了一聲，「繪本要我把顏色給它……」

「顏、顏色？是指這個小瓶子嗎？」

「應該……嗯，一定就是……」

譚恩傾斜小瓶子，把裡面的顏料倒在繪本上。當綠寶石色滴落到繪本上的瞬間，那一頁的變色龍開始漸漸膨脹，染成鮮豔綠色的身體隆起，然後從繪本裡跳了出來。

變色龍一離開繪本，便用力伸了個懶腰。

「啊，睡得好飽。嗯，雖然當初聽說要被封印在繪本裡，我差一點就吐出來了，但沒想到睡得挺舒服的。好了……」

變色龍打量周圍，立刻看到了譚恩。

「啊，你這頭頭髮！你是譚恩嗎？沒想到你這麼快就甦醒了，我還以為你要到十五歲左右才會甦醒呢。你現在幾歲？七歲嗎？」

「我、我八歲……」

「是嗎？所以我們闊別八年終於又重逢了。你應該不記得我了吧？我叫帕雷特，是你的使役靈。」

「使役靈？」

「就是你的朋友、夥伴和搭檔。總之，既然我已經醒了，後續的事你都不用擔心。我會教你很多事，也會協助你，這樣一來，你很快就能以變色魔法師的身分擁有自己的店面。」

「等、等一下！」

桃綺站在滔滔不絕說話的變色龍和譚恩之間。

「你是誰？這是怎麼回事？」

「怎麼回事？就是譚恩身為魔法師的能力已經甦醒了。」

「魔、魔法師？」

「對，譚恩是魔法師。」

帕雷特喜孜孜的繼續說了下去。

「雖然預言說他是變色魔法師，但不知道他的魔法能力什麼時候會甦醒，所以就決定讓他在人類的世界長大。因為譚恩的爸爸、媽媽意外身亡，照顧他的奶奶也病倒了。」

「奶奶？」

帕雷特用感慨的聲音說：

「譚恩你當時還很小，應該不記得奶奶了吧？她是個好人，雖然她不是魔法師，但她是真心疼愛你，所以才會拜託封印魔法師把我封印在繪本中，讓我隨時陪伴在你身旁。」

當譚恩做出第一種顏色的時候，封印就會解除。

「譚恩，沒想到你才八歲魔法能力就甦醒了，這是為什麼呢？」

「我想應該是因為桃綺老師……」

「咦？我嗎？」

譚恩對瞪大眼睛的桃綺緩緩點了點頭說：

「你剛才說你相信我對吧？我一直懷疑自己是不是有問題，而且感到很害怕……因為你說相信我，我的心情一下子放鬆下來……結果就看到了光，還聽到了歌聲……」

「我很奇怪嗎？我是怪胎嗎？」譚恩一直這麼想著，所以對害怕畏縮的他來說，桃綺的話就像一把「鑰匙」，這把鑰匙打開了他的心門，他的魔法也因此甦醒。這應該就是封印解除的原因。

但是譚恩已經成為了魔法師，接下來該怎麼辦？

桃綺不安的問帕雷特：

「譚恩接下來會怎麼樣？」

「嗯，我認為最好還是去黃昏街，魔法師都會在那條街上開店。譚恩現在已經是魔法師了，身為變色魔法師，應該要在那條魔法街上有個店面。」

「開、開店……我、我沒辦法開店……」

「沒問題的，你可以製作顏色，只要在店裡販賣你製作的顏色就好，一定會有很多客人上門。嗯，有我協助你，不會有問題的，一定會很順利，所以我們趕快去那裡吧。譚恩，你要去對不對？」

「……」

譚恩無法立刻回答，他露出求助的眼神看著桃綺。

桃綺一看就知道了。

譚恩很想去，他想和帕雷特一起前往魔法的世界，但是如果自己阻止他，譚恩一定不會違抗，他會留在這裡像普通人一樣生活。但是對譚恩來說，這樣會幸福嗎？

煩惱了很久，桃綺決定聽從自己內心的聲音。

「身為老師、身為大人我應該要阻止你才對，畢竟小孩子怎麼可以一個人去外面討生活，這簡直是豈有此理。但是……我覺得你不應該留在這裡，我認為這裡並不是屬於你的世界。」

桃綺面帶微笑的說：

「你走吧，要走就趁現在，趁還沒有人起床的時候，翻越圍牆離開這裡，接下來的事就交給我。」

「我還可以見到老師嗎？」

「一定可以。是啊，有朝一日我可能會需要什麼顏色，到時候我會去拜訪你的商店，希望你做出很多漂亮的顏色，等我去找你，好不好？」

「一言為定……老師，謝謝你。」

譚恩抱住桃綺，桃綺也緊緊抱著他。

桃綺其實不想鬆開抱著譚恩的雙手，她很希望自己可以保護這個孩子。

但是譚恩不需要她的保護，譚恩已經有了魔法，也有使役靈帕雷特陪伴在他身邊。既然小鳥的羽翼已經長全，就不能一直阻止他飛上天空。

桃綺忍著淚水，鬆開了擁抱譚恩的手。

「多保重，我們下次再見。」

「嗯……」

譚恩把帕雷特放在肩上，悄然無聲的走出孤兒院。

即使他們的身影消失在黑暗中，桃綺仍然站在原地。

她默默的祈禱，希望譚恩可以得到很多幸福，遇到很多好人。

❖

隔天早晨，淘兒孤兒院內亂成一團。

「有孩子從孤兒院消失了。」

「是被綁架了嗎？」

「不對，一定是逃走了。」

「無論如何，得盡快尋找失蹤的孩子。」

「但是要去哪裡找呢？」

「是不是要請城鎮的居民一起幫忙？」

所有老師都驚慌失措，桃綺衝進院長室，直接對伊格說：

「我認為要馬上報警找人，得趕快找到譚恩才行。」

「不、不行，不可以這樣做，這樣很不妙。」

伊格院長遲遲不願意點頭。

對伊格院長來說，被人知道孤兒院內有院童失蹤是無法忍受的恥辱，而且警察一進入孤兒院，就會發現孤兒院的房舍很破舊，圖書室裡幾乎沒有書籍，而且孩子們都穿著破破爛爛的衣服。要是警察因此認為孤兒院有問題，展開詳細的調查，後果將會不堪設想。

伊格狠狠瞪著桃綺說：

「你聽好了，我很了解譚恩，因為我對他很好，他應該也很清楚這一點，所以很快就會回來這裡，因為這裡是他唯一的家。」

「你的意思是不去找他嗎？」

「我已經說過了，沒有必要去做不需要做的事，我們不需要報警。」

桃綺立刻露出冷漠的眼神。

「這樣啊，我早就猜到你會說這種話。」

桃綺冰冷的語氣，聽起來和平時簡直判若兩人。她拍了一下手，六個穿著黑色制服宛如士兵般的男人便衝進了院長室。

伊格大吃一驚。

「你、你們是誰？突然闖進來真是太無禮了。」

「是我找他們來的。」

「桃綺老師，你到底想做什麼？」

「院長，其實我不是老師，而是貓頭鷹。」

「什、什麼？」

桃綺鎮定的對臉色發白的院長說：

「你應該知道吧？我們貓頭鷹的使命，就是專門尋找沒有好好照顧孩子的孤兒院，還有貪贓枉法的孤兒院。我來這裡，就是要調查淘兒孤兒院的實際情況。我還是第一次看到這麼腐敗的孤兒院，院長，所有問題都出在你身上。」

「不對，但、但是……」

「你別想推卸責任，因為我就是證人也是目擊者。只要我開口，這裡的孩子都會願意作證，證明這裡的飲食多麼讓人難以下嚥，天花板都在漏水，床墊也不知道有多少年沒有更換，最重要的是，你侵吞了別人的捐款。」

「你、你在胡說！我根本沒有做這種事！」

「那本紅色記事本是什麼？上面記的帳又是怎麼回事？」

「你、你怎麼會知道這件事？啊！」

伊格手足無措的打開辦公桌的抽屜，當他發現抽屜裡空無一物時，臉上頓時失去了血色，變得蒼白鐵青。

桃綺嚴厲的對茫然坐在原地的伊格說：

「你現在終於知道了吧？我已經掌握了足以讓你去吃牢飯的證

據。院長，我們去警察局吧。」

伊格沒有抵抗，他失魂落魄的被人帶出院長室，坐上在孤兒院外待命的車子。

看到院長被帶走後，桃綺暗自鬆了一口氣。

很好，接下來要和其他貓頭鷹齊心協力，讓淘兒孤兒院恢復應有的樣子。雖然譚恩下落不明，但警察、媒體和世人應該會將焦點集中在院長做的壞事上，忘記譚恩的事。希望譚恩能趁這個機會逃去很遠的地方，希望他可以露出幸福的笑容。

這時，桃綺想起了孤兒院的其他孩子。

「對了，孩子們該吃早餐了。我要告訴他們，從今天開始，終於不必再忍受難喝的湯和快發霉的麵包了。」

桃綺從貓頭鷹變回老師的樣子，快步走進屋內。

尾聲

莎娜心情愉快的走在街上。

自從把房間的牆壁漆成天空藍之後，至今已經過了半年的時間。在那天之後，她遇到了很多好事。

首先，莎娜重拾了畫筆。她作畫的方式，就是盡情在紙上畫出五彩繽紛的可愛動物和植物，而且每次她都會在畫裡的某個地方，使用魔法師給她的天空藍墨水。

不知道是不是因此帶來了幸運，莎娜的畫在各地受到好評，委託她畫畫的案子越來越多，最近甚至有出版社詢問：「你想不想創作繪本？」

她很幸福，也許現在是她這輩子最幸福的時刻。

她想著這些事，走在通往市場的路上。這時，賈洛突然出現在莎娜面前。

半年不見，賈洛看起來雖然有點憔悴，但是雙眼仍然充滿做夢的熱情。

「啊，莎娜！我好想見你，你是我命中注定的伴侶！」

賈洛誇張的跪在地上，像演員一樣說了起來。

「我之前真是太傻了，這世界上只有你了解我的藝術。啊啊，莎娜、莎娜，我眼中只有你。只要你願意，我很樂意和你結婚。我們可以繼續一起生活，你還住在以前的地方吧？對了，我好想吃你做的菜。」

莎娜目瞪口呆的看著喋喋不休的賈洛，等她終於回過神時，才開口問道：

「我想確認一下，你現在是離開了未婚妻，想和我在一起嗎？」

「是啊！我剛才不是一直這麼說的嗎？你沒有我應該也活不下

去，對不對？」

賈洛自信滿滿的注視著莎娜，莎娜感到非常不可思議。

「這男人未免太自私、太厚顏無恥了吧。」

雖然莎娜很想賞他一百個耳光，但是最後還是放棄了，因為她不想弄痛自己的手。於是，她發自真心的對他說：

「不好意思，我對你這種膚淺的男人已經沒興趣了。」

「膚、膚淺？」

賈洛張口結舌、臉色鐵青，嘴巴像金魚一樣開闔著。對自尊心很強又自戀的男人來說，這句話無疑是沉重的打擊。

莎娜不理會一臉錯愕的賈洛，精神抖擻的離開了。

雖然遇到賈洛很令人生氣，但是終於對他說了自己想說的話，莎娜感覺心情很暢快。現在要趕快忘記他，花時間思考或回想這種男人的事，根本就是浪費生命。對了，抵達市場之後要去雜貨店看看有沒有香水瓶，昨天她不小心打破了之前使用的瓶子。

莎娜很快就忘記了賈洛的事，在街角轉了個彎，她一轉過街角，前方便出現一片白色的霧。

「咦？」

轉眼之間，霧氣包圍了莎娜。

莎娜不由得大吃一驚，因為這片濃霧，感覺和她之前去變色屋的時候太像了。

「我該不會走在通往變色屋的路上吧？」莎娜不自覺的在地上尋找彩虹色腳印。

雖然沒有找到腳印，但是莎娜看到了一棟奇特的房子。

那棟房子的外型簡直就像是針線盒，屋頂上有巨大的毛線球，牆上有無數顆鈕扣，就連圓形的粉紅色大門也像是一顆鈕扣。

這時，那道門打開了，一個奇特的老婆婆從裡面走了出來。老婆婆戴著一頂有毛線球和針線裝飾的帽子，洋裝上縫了很多鈕扣，看起來就像魚鱗一樣。她透過臉上那副鏡片很厚的眼鏡看著莎娜。

「這位客人，歡迎光臨，歡迎你來到改造屋。」

「你也是魔法師嗎？」

「哎喲，你這麼快就發現了嗎？你是不是曾經去過其他魔法師的商店？」

「對，以前去過一次。」

「這樣事情就簡單了。你應該知道通往這家店的道路是為你開啟的吧？趕快進來吧，我今天完成了很多新作品，相信裡面一定會有你中意的東西。」

莎娜接受邀請，走進了像針線盒般的房子。店裡閃閃發亮，有各式各樣的玩具、首飾，還有優雅的衣服和皮包，以及漂亮的小配件、擺設和音樂盒，琳琅滿目的商品堆滿了整間商店。

「哇，好美！」

「很美對吧？這是我引以為傲的店面。啊，放在那張桌子上的，是我今天剛完成的作品，你先看看那件作品。」

莎娜順從的走向那張桌子，然後忍不住倒吸一口氣。在那張桌子上，放著一個圓形的小瓶子。

那個瓶子應該是香水瓶，上面有深粉紅色、綠色和黑色鋸齒狀的圖案，令人聯想到西瓜。瓶蓋上水滴形狀的裝飾，看起來也很優雅脫俗。

莎娜立刻愛上了那個香水瓶，一把瓶子拿在手上，她就覺得自己不能再放手了。

「我想要這個。」

「哦，是嗎？這樣啊……」

不知道為什麼，老婆婆不停打量著那個瓶子和莎娜的臉。莎娜感覺有點不安。

「請問這個可以賣給我嗎？」

「啊，當然可以給你，我很樂意。」

「太好了！請問要多少錢？」

「你不用支付任何報酬。」

「咦？」

老婆婆笑著對大吃一驚的莎娜說：

「本店向來是收取客人不需要的東西作為報酬。我用那些客人不要的東西改造成新作品，作為本店的商品出售。」

「既然這樣，我也要拿出不要的東西作為支付的報酬。」

「所以我才說你不需要支付啊，因為我已經收取了你的報酬，然後用那樣東西製作了這個香水瓶。」

「什麼？」

「呵呵呵，物品的緣分真的很奇妙。好了，你就把這個香水瓶帶回家吧，希望你這次能好好珍惜。」

老婆婆說完這句話，便把眨著眼睛感到不解的莎娜送到店外。

莎娜回過神時，才發現自己站在熟悉的路上，手上拿著那個像是西瓜的可愛香水瓶。

「這是怎麼回事？這原本就是……我的東西？啊？這怎麼可能？

我完全不知道是怎麼回事。」

雖然搞不清楚狀況，但莎娜還是把香水瓶放進了皮包。因為無論它是用什麼東西改造的，她都很愛這個香水瓶。

✲

客人走出店外後，改造魔法師茨露婆婆就呵呵笑了起來。

「不知道那位年輕小姐有沒有發現，那個香水瓶是用什麼東西改造的？呵呵，對了，我要把今天的事告訴那個年幼的變色魔法師，等一下就去找他，然後順便向他買幾種顏色。」

茨露婆婆說完，開始擦拭店裡窗戶的玻璃。

魔法十年屋特別篇2
創造色彩的變色屋

作　　者｜廣嶋玲子
插　　圖｜佐竹美保
譯　　者｜王蘊潔

責任編輯｜楊琇珊、江乃欣
特約編輯｜葉依慈
封面設計｜蕭雅慧
電腦排版｜中原造像股份有限公司
行銷企劃｜劉盈萱

天下雜誌群創辦人｜殷允芃
董事長兼執行長｜何琦瑜
媒體暨產品事業群
總 經 理｜游玉雪　副總經理｜林彥傑
總 編 輯｜林欣靜
行銷總監｜林育菁　副 總 監｜李幼婷
版權主任｜何晨瑋、黃微真

出 版 者｜親子天下股份有限公司
地　　址｜台北市 104 建國北路一段 96 號 4 樓
電　　話｜（02）2509-2800　傳真｜（02）2509-2462
網　　址｜www.parenting.com.tw
讀者服務專線｜（02）2662-0332　週一～週五：09:00~17:30
讀者服務傳真｜（02）2662-6048
客服信箱｜parenting@cw.com.tw
法律顧問｜臺英國際商務法律事務所．羅明通律師
製版印刷｜中原造像股份有限公司
總 經 銷｜大和圖書有限公司　電話：（02）8990-2588

出版日期｜2022年5月第一版第一次印行
　　　　　2024年7月第一版第四次印行
定　　價｜320元
書　　號｜BKKCJ085P
ISBN｜978-626-305-190-4（平裝）

訂購服務
親子天下 Shopping｜shopping.parenting.com.tw
海外．大量訂購｜parenting@cw.com.tw
書香花園｜台北市建國北路二段6巷11號　電話（02）2506-1635
劃撥帳號｜50331356　親子天下股份有限公司

立即購買＞
有聲故事書

國家圖書館出版品預行編目資料

魔法十年屋特別篇2：創造色彩的變色屋／廣嶋玲子 文；佐竹美保 圖；王蘊潔 譯. -- 第一版. -- 臺北市：親子天下股份有限公司, 2022.05
216面；17X21公分. --（樂讀456系列；85）
注音版
ISBN 978-626-305-190-4（平裝）

861.596　　111002372